MALDITO LASTICÖN

GASTÓN VIRKEL

MALDITO LASTICÖN

GASTÓN VIRKEL

SEd Suburbano Ediciones

www.suburbanoediciones.com

@suburbanocom

prólogo

Emigré a Miami en 2001, una ciudad donde contaba con un solo amigo. Pero aterricé en un ecosistema en funcionamiento, rápidamente encontré aquellas relaciones que se convirtieron en mi safety net para eventuales caídas en la soledad o la melancolía. Algo que por suerte no sucedió con frecuencia.

Con el tiempo algunas de ellas se volvieron amistades. Otras las he ido depurando. En aquel "reiniciar" me vi muchas veces en situaciones en las que pensaba "en Buenos Aires, jamás le hubiera dado bola a este boludo" o "en Buenos Aires jamás le hubiera dado bola a este genio".

Uno se ve sorprendido todo el tiempo en eventos a los que no debería haber acudido. La ventaja consiste en que te podés escapar sin que nadie lo note. La fauna de South Beach tarde o temprano se cruza en algún programa. Por eso, y muy esporádicamente, me encontraba en estas situaciones repletas de desconocidos familiares con el escritor Hernán Vera Álvarez, donde compartíamos vino tinto en vasos de plástico mientras conversábamos sobre libros y Miami, la ciudad de la furia de neón. Me doy cuenta de que por la estructura del relato, el lector se estará preguntando en qué categoría he colocado a Vera, si en la de boludo o la de genio. Pues en ninguna de las dos. En Buenos Aires, también le hubiera dado bola.

En 2015, ya de vuelta de un par de rollercoasters, Vera y Pedro Medina León me invitaron a sumarme al delirio de publicar un magazine digital de cultura y literatura en español en Estados Unidos. Y libros. Libros en español en Estados Unidos. No lo pensé mucho. Evidentemente. Y acepté. Mi intención original respondía a la necesidad básica de ejercitar el músculo de la escritura. Pero había mucho trabajo por hacer y creí que mi background de creativo publicitario más el expertise en branding y social media podía hacer alguna diferencia. Cuando me quise dar cuenta, ayudaba con la imagen, con las redes sociales, planeábamos eventos, urdíamos estrategias maquiavélicas para crecer. Escribir para el Sub, muy poco.

Terminaba 2017 con esa frustración y decidí entonces sumarme a la costumbre americana de formalizar el deseo. Encabecé las new year's resolutions con una idea riesgosa: un folletín. Una novela por entregas que me pateara el culo y obligara a ser parte también desde sus e-páginas. Así nació Lasticön. De principios de 2018 a principios de 2019, mensualmente aparecía un nuevo episodio del maldito. Y entre episodio y episodio, su poesía. Maldito Lasticön no es más que una reescritura de aquello que se publicó en suburbano.net. Mejorado, pulido, aprovechado. Pero sin perder el espíritu del folletín que le dio origen.

Vera suele decir que Miami es una ciudad perfecta para escribir porque no tiene próceres literarios. Un lugar al que aún le hacen falta mitos y fantasmas. Esta novela breve intenta poner en movimiento el revitalizado músculo escritor para empezar a crearlos de una maldita vez.

Gastón Virkel
Miami, agosto de 2019

Un poema es una ciudad llena de calles y cloacas,
llena de santos, héroes, pordioseros, locos,
llena de banalidad y embriaguez,
llena de lluvia y truenos y periodos
de ahogo, un poema es una ciudad en guerra,
un poema es una ciudad preguntando por qué a un reloj,
un poema es una ciudad ardiendo,
un poema es una ciudad bajo las armas

–Charles Bukowski
Un poema es una ciudad

Una poesía explosiva: etarra, ética,
poéticamente equivocada.

En los papeles, en los canales
culturales de cable, en las pantallas
y en los monitores, en las antologías y en revistas
y en libros y en emisiones clandestinas
de frecuencia modulada se buscan
poetas y más malos poetas:
grandes poetas celebrados pequeños,
poetas notorios, plumas iluminadas,
hombres nimios, miméticos,
deteriorados por el alcohol,
descerebrados por la droga,
hipnotizados por el sexo
idiotizados por el rock,
odiados, amados por la gente aquí.

–Fogwill
Llamado por los malos poetas

A los mitos y fantasmas de Miami.
Y a Joxeba.

¿Acaso se dejó vaciar de poesía?
¿Moriría de tisis, de beber o de chic?
O quizás, finalmente: de nada…
O bien de Mí.

–Tristan Corbière
Pobre muchacho

uno > tigre random

Álvaro acopla la lengua a la verga eyaculante y se sorprende de no sentir nada. Más se sorprende cuando el semen estalla ocupando los espacios vacíos y sigue sin sentir nada. Se trata aún de algo táctil, una parte de su cuerpo en contacto con un elemento líquido recorriendo el paladar. Cuando se activa el gusto, cuando lo viscoso y cálido da lugar a lo amargo o a algo parecido, ahí tiene la primera arcada. Todo dura un segundo pero en su mente puede identificar fases y circunstancias completamente distintas

Experimenta un acceso cálido que recorre su cuerpo. Placentero, casi como lo que se había imaginado. Lo que estaba buscando. Algo que no tiene nada que ver con lo sexual. Lo ha racionalizado tanto que se parece más a un *Power Point* para la FIU que a esta mamada anónima en el estrecho sendero que va de Meridian Avenue al alleyway, entre el remodelado condo art decó y la medianera.

"Creo que esos comportamientos erráticos y extraños tienen que ver con algo del orden de la autoflagelación. Esas conductas, como tú mismo has remarcado, comenzaron tiempo después de la muerte de Bryan" dijo un par de horas antes su analista, la de Boca Ratón, que se había decidido por fin a opinar algo después de siete meses de terapia. Lejos de preguntarse si estaba bien o mal lo que hacía, esa explicación le dio alas, le dio una razón de por qué hacía lo que hacía. Se le rió en la cara. No por absurda sino porque le parecía tan obvia que le hizo gracia que se lo tuviera que decir otra persona.

Sin retirársela de la boca, el tipo mete la mano en un bolsillo. Prende un porro. Tiene las muñecas vendadas con gasa de hospital. El jean azul apesta a transpiración, algo que en Miami no representa ninguna rareza. Álvaro empieza a sentir dolor en las rodillas. Trata de contener una nueva arcada. Le parece más freak vomitar que tener la verga de un extraño en la boca, una idea ajena hasta hacía unos quince minutos atrás. Escupe los mecos sobre la ajada bota izquierda de cuero marrón del tipo que no se altera. Álvaro se pone de pie, se quedan frente a frente, se miran. El tipo da una larga pitada, le extiende el porro y se pone a mear. Él, que no fuma, acepta.

Wey, qué haces.

Jo, y a ti qué mierda te importa, tío.

Yo vivo aquí.

Álvaro presta atención al largo meo, potente, direccionado al centro de la taza. Un statement, piensa. Todo significa muerte y sexualidad, leyó una vez en algún lado refiriéndose al psicoanálisis. Remite a sexualidad que en los mingitorios el hombre asuma que a mayor ruido mayor virilidad.

El tipo no levanta el asiento del inodoro, no tira la cadena ni se lava las manos. No pide permiso cuando empieza a revolver alacenas ni cuando abre el refrigerador.

Porca miseria, tío. ¿Tienes hambre?

A-já.

¿Y coche?

Un par de niños los rebasan y corren hacia las fuentes con peces y flora autóctona de la Florida, el último orgullo de Lincoln Road. Se sientan en una mesa de *Baires Grill* casi en el last call. Álvaro le dice a la camarera que él no necesitará los cubiertos y ella los regresa a los bolsillos de su delantal. Mientras aguarda el encargo, la metiche les habla de la sequía que azota a Miami y de las empanadas cortadas a cuchillo: la carne es mucho más jugosa. Álvaro evalúa a quién de los dos trata de seducir la verborrágica argentinita.

Bonita, no entiendo qué diferencia puede hacer un jodido cuchillo, dice el otro sin levantar siquiera la vista de los vinos españoles en busca de un Tempranillo. Metiche y todóloga:

Muchísima. En mis pagos dicen que para que no llueva hay que clavar un cuchillo en la tierra.

Sin mediar siquiera una arcada, Álvaro cubre su plato con un vómito inesperado y verdoso.

Oye, lo lamento, pide empanadas para llevar. Te espero en el auto.

Deja cuarenta dólares al amigo desconocido y se marcha.

La camarera observa al chabón de las muñecas vendadas que toma las cuatro puntas del mantel y las reúne en el centro de mesa. El dueño o manager trata de impedirlo pero fracasa. No hay ruido a plato roto. Hasta que llega a la cocina. La argentinita siente la obligación de decir algo

Mirá con la que salís.

Y él la mira de arriba a abajo.

Entre los billetes sin propina, la camarera encuentra un *Post-it* celeste que dice con letra tosca

Volveré tan pronto recupere la córnea

y el valor de mirarte a los ojos.

Necesito probarme en el rodeo de este tigre random

y tocarle los huevos todo lo que dure,

un minuto,

un parpadeo triste,

un error 404.

El tipo sube al *Maserati* Gran Turismo S Coupé estacionado en el piso 3 del parking lot junto al *Regal Cinema*, en Lincoln y Alton. Le presume a Álvaro un papel con el *Snapchat* de la meserita y sube el volumen de lo que está sonando: el track quince de la playlist en *Spotify* que etiquetó "Da shit". Dice Nipsey Hussle

Really not too spooked, calmly asked me, "Am I dyin' now?"

All I know is keep you calm and collected

Crackin' jokes like, "Nigga, now you gon' be finally respected"

El tipo empieza a repartir las empanadas. Carne —cortada a máquina—, pollo, y espinaca y cebolla.

Wey, en el carro no.

Joder, broder. ¿A ti no te ha pegado el bajón?

Es el carro de mi jefe.

¿Y qué mierda haces con el carro de tu jefe?

El carro de mi padre.

Oh, gotcha. Los padres son un jodido liability. ¿Y qué te dice?

Decía. Murió en agosto.

Joder, ¿entonces?

Lo cuidaba mucho. Nos decía que el auto se comportaba mejor que nosotros.

¿So?

Es la primera vez que lo uso.

¿Desde que murió?

No, no. La primera vez que lo uso. Period.

El tipo lo mira y se lleva a la boca una empanada de carne. Piensa un segundo y engulle una de pollo. Ríe, mastica mecánicamente y deja caer la comida sobre el tapizado. Ahora la risa alcanza proporciones guasónicas, de labios bien separados. Álvaro lo mira un instante, descolocado, hasta que acepta el reto. Toma una cualquiera con descuido y, en lugar de comerla, la abre y se la pasa por los labios dejando caer los trozos de carne en su falda y de ahí las barre a la alfombra y debajo de los pedales. El tipo sacude como desquiciado una lata de *Mountain Dew* por un interminable minuto. Cuando la abre, la bebida riega todo el delicado cuero color marfil del *Maserati*. Ríen desaforados. Dos extraños que se unen en la carcajada y el alivio.

En el sofá de Álvaro, juegan FIFA '17. Álvaro selecciona el Manchester United, segunda equipación. El otro, el Athletic de Bilbao.

¿Qué apostamos?

Antes de empezar, Álvaro presiona pausa y va en busca de un Tequila *Don Julio* Añejo.

¿Otra mamada?

Sirve dos shots.

Órale.

Son casi las nueve A Eme. El tipo palmea el rostro de Álvaro, al que le cuesta entender y se le parte la cabeza. El aroma del café lo ordena todo.

Vamos: toma una coladita. Levántate, que tienes que hacer la denuncia.

¿Qué pasó?

El coche de tu jefe pasó a mejor vida. A una playa de Brasil vía Paraguay.

El tipo le extiende un rollo enorme de billetes de 100 atados con una bandita celeste. Ya no tiene las muñecas vendadas, ni rastro de heridas. Álvaro sonríe. No porque liberarse de aquella obsesión paterna sea absurdo sino porque le parece tan simple que le causa gracia que hubiera tenido que hacerlo otra persona.

Soy Álvaro.

Yo Lasticön.

¿Cómo?

Lasticön

Acentuando un vértice en el vaso de plástico, le sirve otra coladita

¿Y a qué te dedicas?

A tocarle los huevos al tigre.

Dejo aquí mi brazo izquierdo como garantía
mientras dispongo –en orden de aparición–
recuerdos borrosos.

Volveré tan pronto recupere la córnea
y el valor de mirarte a los ojos.
Necesito probarme en el rodeo de este tigre random
y tocarle los huevos todo lo que dure,
un minuto,
un parpadeo triste,
un error 404.

–Lasticön
Tigre Random
New York, 2016

Solo vine a torear la venganza,

dijo con la dosis árida del ungüento que muerde en el todo.

Orgásmatron pendiente del destierro,

en la química del yin y el yan

el cordero pide un lobo de pies desnudos y pupilas desatadas.

Un txingo en la cornisa con dos cielos.

No te irás. No te dejaré. Restart.

–Lasticön

Jamming #12

Bilbao, 2010

El descenso no tiene vértigo.

No le hace falta cuando el destino final >>>>> eS el vértigo.

Custodiadas por idiotas armados con las jeringas del hastío,

que en la humedad del sótano guardan

los verdaderos secretos de la humanidad:

semillas de injusticia, el Karmatrix for Dummies y la fórmula de la Coca-Cola.

Suena "Billie Jean" en loop

para dejar claro que hasta la belleza muy pronto será insoportable.

Una sirena sin dientes da la bienvenida y te escupe en la cara.

En el contexto, una bocanada de aire fresco.

Se oye una risa siniestra. Pero no se sabe>>>>>>> dE qUIÉN.

Keep you posted.

–Lasticön

Karmatrix

Bilbao, 2010

Detesto las prendas de vestir olvidadas sobre la cama; hay entre ellas y los muertos mucha analogía. Vi una vez, en un asilo, a una loca muerta; y era lo mismo que ver un trapo violáceo tirado dentro del ataúd.

–**Teresa Wilms Mont**

XXXI

Inquietudes sentimentales

dos > epopeyas idiotas

Lasticön despierta en la playa con el rostro ardiendo. Tiene solo una de sus havaianas, le falta el cinturón y viste una t-shirt que no le pertenece. Encara la vuelta hacia Ocean Drive. Siente arena hasta en el culo. Muerde un par de granitos. Quiere escupirlos pero tiene la boca seca y le duele la garganta. Mataría por una *Mountain Dew*. Una lagartija atraviesa el sendero que recorre los médanos que separan la playa de los comercios. Se moja la cabeza en la ducha junto a una cancha de volleyball desierta. Practica unos buches y escupe el agua sobre las lozas obligando a una jogger a esquivarlo.

Asshole

oye mientras se despereza.

Se apura para llegar a la sombra de la cúpula de árboles de Meridian Avenue. Salta la cerca puntiaguda y alta, de esas que se instalan para no ser saltadas. Espera en el acceso al condo un buen rato hasta que sale una yogi *Lulu Lemon* que lo mira con asco de arriba abajo pero no se atreve a detenerlo. Llega al apartamento de Álvaro. Golpea la puerta con la mano abierta varias veces y nada. Decide esperar en el cuarto de lavado, desde donde puede oír su arribo. Enciende el secarropas y se sienta a domarlo. Se masturba pensando en una Frances McDormand tardía, algo descuidada. La de Moonrise Kingdom. Por momentos, igual que en "Ese oscuro objeto del deseo" de Buñuel, Frances se convierte en Angela Molina, son intercambiables. Recuerda el VHS con el rostro de la Molina que Joxeba guardaba en el closet.

Toma el bolígrafo que se robó de un *Subway*. Siempre se roba bolígrafos. Y *Post-its*. En la pared escribe

Tiempo de nadie

de lealtades copy paste

y epopeyas idiotas.

Un viento de otra ciudad atraviesa el verde utópico del Memorial Park, en el south west de Miami. Inmóvil hace ya un buen rato, Álvaro solo observa a su hermana, una mujer de cuarenta y dos años que ha perdido a un hijo y a un padre en el lapso de dos años. Se lookea para visitarlos. Tacones, make up. Un peinado que lleva su tiempo. Ya tiene carácter de ritual. Primero, la tumba del Jefe. Sacude polvo, tira las flores marchitas, corta el tallo de unas orquídeas imposibles. Cuando su padre vivía llenaba su casa de su delicado perfume. Las riega. Tiene que ser un mecanismo de defensa, piensa. Vivian hace todo a una velocidad que no tiene nada que ver con la eternidad de la muerte. Por fin se sienta en el césped, exhausta. Más por la ausencia que por el cansancio. Deja unos *Crocs* azules alineados, junto a la pequeña placa de mármol blanco.

Cuídate, Álvaro. Cuídate mucho.

Ora, ¿y eso a qué viene?

No quiero quedarme sola. No podría.

Otra brisa inexplicable atraviesa el paisaje en dirección al mar. Vivian le extiende la mano y Álvaro la ayuda a ponerse de pie. A medida que se acercan a la tumba de Bryan, Álvaro siente los pies cada vez más pesados. Vivian se cuelga de su brazo, como solía hacerlo con el padre. Rita, la mestiza amiga de Bryan, aguarda respetuosa. Viste muy flashy para el lugar. De negro pero con varios detalles fucsia. Vivian repite el ritual de la limpieza, la chica la ayuda. Cuando terminan, rompen a llorar, se abrazan. Álvaro no lo soporta y se marcha. Vivian se arrodilla, besa el mármol y deja un gift card de *Xbox* por $20. Luego echa a correr tras su hermano. Se abrazan. Álvaro, se cuelga del brazo de Vivian. Rita los contempla alejándose. Se guarda la gift card pero le deja una pastilla, una codiciada Superman. Y una *Aquafina*, para que no se deshidrate como en la última *Ultra*.

Lasticön encuentra la manera de que el lavarropa funcione con la tapa abierta. Y de experimentar vueltas suicidas con sus piernas trabadas en el tambor vacío. Ahora vomita lo que parece ser seafood pasta, pink sauce. Una comida que no recuerda haber probado. Se limpia con unos leggins que alguien descartó en el cesto. Se marcha. Quién sabe dónde andará el mexicano. Cuando pasa frente a su puerta vuelve a golpear. Puede haber llegado cuando él estaba haciendo gilipolleces con esa lata ruidosa. Nada. Con la palma abierta, últimos tres golpes y se va a la hostia. Pero los golpes se convierten en una patada voladora, por qué no. Esperarlo jugando *FIFA* le parece una gran idea. Descarga dos patadas karatekas. Karatekas en su cabeza porque para el vecino que lo mira incrédulo –un gym freak colombiano que trabaja para *UPS*–, tiene más que ver con una patada de loco o de drogado buscando plata para más vicio. Lasticön, exhausto, se recuesta contra la puerta y recién ahí lo ve. El tipo sigue sin creerlo, mucho menos cuando recibe un torpe jump cut que ni lo mueve. Se la devuelve con la mano abierta de compasión y lo estampa contra el marco de la puerta. Antes de perder el conocimiento, Lasticön alcanza a notar que el tipo que lo noqueó tiene la camiseta del Real Madrid. Coño, qué día de mierda.

Vuelve en sí. Está esposado a una palmera y se le parte la cabeza. Esa camiseta no es suya y está cubierta de sangre. Parece un balazo. Jod, ¿otra vez?, piensa antes de desvanecerse.

Vivian pisa un helecho cuando se apea del sendero de lozas de keystone rectangulares donde un policía en bicicleta toma declaración al vecino colombiano de su hermano. Hay un tipo sangrando de la cabeza, con un solo flip flop, esposado a un árbol. Siente un estrépito: Álvaro tiró las bolsas de *Whole Foods* que cargaba. Y se ríe como un energúmeno, con todo el cuerpo. Rita se contagia pero no entiende.

El policía combate la humedad de sus huevos con un movimiento que él debe juzgar disimulado.

¿Lo conoce?

Como al hermano border que nunca tuve.

Álvaro vacía una *San Pellegrino* en el rostro herido de Lasticön que reacciona poco a poco.

Wey, ¿cómo te sientes?

Fatal, tío. ¿Cómo quieres que me sienta? Aquí, baleado por Cristiano Ronaldo.

Se da una comunión de silencios. Apenas se oyen los ladridos del parque de perros del Flamingo Park.

Húsares de la ruina, en la noche temblorosa.
la ceguera oceánica se arrastra y lame la uña encarnada
de un pecado de provincia.

Tiempo de nadie, de lealtades copy paste y epopeyas idiotas.
La carne se llaga en la curva irrelevante de una felicidad oscura
para que su pene flácido deje escapar un "inexplicable".
Mientras el edén hiede y la aguja de la mañana invade, espartana,
la vena irredenta de las últimas reservas de urbanidad.

Húsares de la fucking ruina,
no hay buck up. No hay undo. No queda nada.

–Lasticön
Epopeyas idiotas
Miami, 2017

Dos editores conectados por un huevo
lanzaron este viernes su máximo sueño:
un fanzine gótico de eyaculaciones diminutas
y críticas destructivas.

Las páginas par, tinta.
Las impar, sangre.

Tiene un póster central desmontable,
un desnudo crónico de Diana la cazadora
con verdes patines de ruedas inquietas.
Su abdomen preñado exhibe un tatuaje en espiral
que helvéticamente pregona "Mi caza es true caza".
De su ombligo gotea un líquido viscoso que trenza
en el juego cromático a sus patines con el logo de Publix

–Lasticön
Fanzine gótico
Miami, 2015

Lovely psycho que estás en los suelos.

Tu mugre busca rincones inexpugnables,

deseos perennes,

revoluciones,

enfermedades venéreas,

actos fallidos,

cornisas,

lágrimas de tiza,

mareas altas,

páginas porno,

baños de Starbucks.

La tirria húmeda del atardecer

puntual, pide a gritos un minuto de calma.

Namasté.

–**Lasticön**

Lovely Psycho

Miami, 2018

A usted, estos versos, por la consoladora gracia
de sus ojos grandes donde se ríe y llora un dulce sueño;
a su alma pura y buena, a usted
estos versos desde el fondo de mi violenta miseria.

–Paul Verlaine
A una mujer

tres > diablos rojos

Cipayo, suéltame.

Reviste un enorme inconveniente que el vecino colombiano no acceda a olvidar el agresivo statement lasticöniano "para el señorío madridista serás siempre un narco-sudaca". Hasta que el poli se cansa, mitad de aburrido y mitad porque Álvaro lo convence de que se trata apenas de una inofensiva discusión por equipos de soccer. Y lo libera.

Zlatan hace el 6-3 para los diablos rojos del Manchester frente al Ajax, segunda equipación. Álvaro recuerda que la última vez Rita no pudo ni anotarle. Pinche generación Z, vamos a tomar el mundo tan pronto alguien suba a Youtube el tutorial "How to take over the world". Rita elige siempre al Ajax de Amsterdam, la ciudad de sus sueños y de los relatos de Big D, el dealer newyorican que le vendía a su padre, hasta que entró en rehabilitación. El dealer, no su padre.

Rita, la hija extramatrimonial tardía de un empresario cubano blanco con su accountant negra jamaiquina, se jacta siempre de sus caderas y un gaydar infalible, responsable de su temprana amistad con Bryan. Ella lo había ayudado a asumirse cuando la muerte interrumpió la inminente –según sus cálculos– salida del closet. O no. Nunca lo sabrá. Bryan no imaginaba cómo reaccionarían su madre o su tío pero temía el impacto en la relación con el abuelo, un viejo regiomontano sin la cintura del siglo XXI, cuyo vocabulario desbordaba de "maricón", "joto" y "puñal".

Rita casi marca el cuarto cuando Álvaro se distrae con la cadena del retrete. ¿Desde cuándo el energúmeno de Lasticön tiene ese guiño civilizado? Termina el match. Ha ganado el Manchester pero Mourinho no debe haberse ido muy satisfecho.

Al poco tiempo de mudarse a esa casa, comenzó a oir ruidos en el estrecho sendero que va de Meridian Avenue al alleyway, entre el renovado edificio art decó y la medianera. Son quickies anónimos. Sexo sin futuro. Pasa todo el tiempo. Dejan condones, envoltorios de cocaína. Una vez encontraron una jeringa. Desde entonces, Álvaro se trajo de la casa de empeños de la familia un bate autografiado por Giancarlo Stanton que ahora descansa llamativamente cerca de Rita. Ella sabe defenderse, piensa Álvaro y sospecha que tiene algo que ver con la presencia de Lasticön que revuelve la única pila de libros de la casa hasta dar con sus poemas. Provoca rechazo y cierto temor en las mujeres. En la gran mayoría de ellas. Pero no en Vivian que tiene predilección por las almas rotas. Álvaro advierte el lenguaje corporal de la conversación y se le antoja irreal. Nunca hubiera imaginado que esos dos pudieran tener algo en común. De esta unión no puede salir nada bueno.

Se marcha al baño, recorre con ayuda de la linterna del celular la circunferencia de la tabla para confirmar que el tipo meó sin la actitud egoísta de siempre. Efectivamente, ni una gota. Oye a Lasticön declamar desde la cocina

Tu vulva congela los anhelos deflorados.
Gobierna desde dios el curso de los días acercando
el averno personal 5 grados por semana.

Álvaro sale secándose las manos en el pantalón y se encuentra con Lasticön rodeando de la cintura a su hermana, petrificada por la torpeza del asunto. Refriega pelvis contra pelvis.

¿Es así la cima?
Con estos vientos alisios que susurran sinsentidos.

El poema se interrumpe cuando el heterodoxo batazo de Rita impacta en el parietal derecho. Álvaro teme lo peor: por suerte la sangre manchó el bate pero no en la parte del autógrafo. Lasticön cae pesadamente, ni mete las manos. Vivian grita "Qué haces", llena un bowl con agua tibia, toma el rollo de cocina, pide toallas y una serie de insumos de primeros auxilios de los que Álvaro carece. Ni uno.

Pinche inútil, take your head off your ass.

Rita y Álvaro salen dando el portazo que hace a Laticön abrir un ojo.

Qué pasó.

Chorrea demasiada sangre. Vivian hace presión en la herida con una toalla que, entre dos palmeras de neón, dice Miami Bitch. Lo ayuda a girar boca arriba pero él aprovecha el envión e intenta ponerse se pie. Se da la cabeza contra la puerta del horno y aterriza manchando su libro.

Ah, ya me acordé.

Dejando sus huellas por la hilera de los cajones, logra treparse.

¿Es así la cima?
Con estos vientos alisios que susurran sin sentidos
condenas estériles de cuello alto y mirada ciega.

Vivian se escurre bajo el brazo derecho, el que no sostiene el libro.

Vamos a la cama. Sigue leyendo.

Salen del *Walgreens* de Collins y la cinco. Álvaro chequea una vez más el mensaje de texto de su hermana: gasas, alcohol, algodón, crema antibiótica, tampones. Caminan rumbo al liquor de la siete y Washington. Solo ahí encuentran el *Tesoro della Regina*, el Pinot Grigio favorito de Vivian y verdadero requisito para hacerse cargo de la situación. Álvaro sospecha que la predilección tiene solo que ver con el nombre. Las banquetas lucen repletas de los turistas que, entre la playa y la cena, reciben el llamado del dios del shopping.

Extraño demasiado a Ryan. Y era mi amigo. No sé cómo hace Vivian.

Me tiene a mí. Yo soy el débil ahora, el needy de la familia. Ella no puede darse el lujo de caer. Me lo enseñó mi jefe antes de morir, pinche idiota.

Un rastro sanguinoliento liga la cocina con el dormitorio. Habrá que tirar el edredón beige al alley, piensa Vivian, le llegó su hora. Nunca le gustó. Mil veces le dijo a su hermano que era un color de viejo. El sangrado se detiene. Vivian limpia la herida con jabón y agua tibia. Lasticön la toma de la cintura, busca reiniciar la refriega de las pelvis.

No wey, estoy con el período.

So? Será nuestro pacto de sangre.

En el estrecho sendero que va de Meridian Avenue al alleyway, junto a la medianera, Álvaro y Rita prenden un porrito. Allí podrán oír cuando termine el frenético golpeteo de la cama en la pared.

Tu padre no parecía débil.

¿A poco no viste cómo se cayó a pedazos el muy cabrón después de lo de Bryan? Las que sostienen esta familia en los desmadres son siempre las mujeres. Por eso ahora le toca a Vivian.

¿Y tú qué?

¿Yo?

Se oye un raquetazo, seguramente un smash, luego un festejo y la pelota de tenis que revienta el techo de un *Toyota* Corolla.

Yo soy el cabrón que los mató

Amanecer en la deshora.

Tu dedo en mi axila echó raíces.

Somos uno porque hemos vencido el asco.

Brindemos con fluidos por el final de este microcuento;

con certezas por la herida expuesta que pronto será piel;

con edemas por los recuerdos tristes, oportunistas.

Que el reflujo de este sudor frío sea lo único que perdure,

pero jamás anide en la rutina.

−Lasticön

Nunca supe tu nombre

New York, 2016

Tu vulva congela los anhelos desflorados.

Gobierna desde dios el curso de los días,

acercando el averno personal 5 grados por semana.

¿Es así la cima?

Con estos vientos alisios que susurran sinsentidos

condenas estériles de cuello alto y mirada ciega.

Aquí me mudo por el resto de mis días.

La renta es impagable pero incluye el HBO.

–Lasticön

Vulvaggedon

New York, 2016

En un mercado negro tres diablos rojos
se hicieron con un fémur de revolucionario triste.
Una última chance de que el volcán perdone.

La alquimia es una lotería multicolor.
La venganza es el lujo del cínico.
La belleza estúpida.

De los tres, uno solo sobrevive.
Y no es el que tuvo suerte.

–Lasticön
Diablos rojos
Miami, 2017

Y vos, Señor mío, concededme la gracia de producir algunos versos buenos,
que a mí mismo me prueben que no soy el último de los hombres,
que no soy inferior a los que desprecio.

–Charles Baudelaire
A la una de la mañana

cuatro > nobleza hedionda

John Morales representa el Sofía Vergara del servicio meterológico. Un tipo que tiene su talento y con eso le alcanza para el crossover. Pasó de *Telemundo* 51 a *NBC* 6, para hacer lo mismo pero en inglés: ponerle Doppler Alert y palabras pomposas a las ciclónicas amenazas de los conductores del noticiero. A Vivian le atrae ese wey. Lo admira porque triunfó en el mainstream, y le calienta porque se parece a Ray Liotta. Podría estar atrapada en este fucking huracán junto a él, y mostrarle una humedad que el meteorólogo jamás podría predecir. Sin embargo está encerrada con estos tres pendejos. Y el poeta desquiciado la sigue buscando. Tiene que admitir que hay algo de él que la atrae. Pero nada como Ray Liotta. O el good fella del pronóstico.

Desde que la madre murió de cáncer quince años atrás, Vivian ha sido el bastión de la familia. Su padre y Alvarito, cuando la vida aprieta, se comportaron como dos pinches escuincles. Fue ella la que se vino a Miami con su bebé a cuestas y un marido pusilánime que desapareció tan pronto pisó suelo americano, no sin antes quemar los ahorros en un casino de las Bahamas.

Lasticön devora un mango como le enseñó una vez

un poeta haitiano: con una mínima incisión en la parte superior por la cual absorbe la pulpa más dulce del trópico

Ya, por favor. Apaga eso. No soporto más a este tío. Viene categoría 3 y entra por Palm Beach. Got it. Too late para salir corriendo a *Home Depot* a comprar linternas.

¿Por qué no vuelves a los jueguitos?

Porque yo me siento en la mesa de los adultos. Y me acuesto en su cama.

El silbido molesto de las ráfagas perfora sus cabezas. Vivian sonríe y sube el volumen de la TV. El presentador anuncia que ha llegado la actualización de las 11PM del National Hurricane Center y da paso a Ray Liotta. Una rama se estrella contra la ventana anti huracán. Se corta la electricidad.

Lasticön teme al huracán pero eso no quiere decir que no se mole con la idea de enfrentar uno en tierra. No como el de Santo Domingo donde solo atinó a tomarse un avión que le costó un ojo de la cara. O no tanto. Fue más bien un dedo de la mano, pero era todo lo que tenía. Su presupuesto solo permitía dos opciones potables que se reducían a Madrid o Miami. Y España significa Euskadi. Solo en su cabeza. Porque en Euskadi,

Euskadi es Euskadi y España es España. El lugar al que se juró no volver en su puñetera vida. Lo supo a los seis años cuando en la tina encontró a Joxeba, el mayor, el militante interruptus. Bertsolari wannabe. Concretarlo le llevó hasta la mayoría de edad, el día en que partió con los 1728 euros "prestados" por la familia y "Thriller", el vinilo de Michael Jackson que perteneció a su hermano etarra. ¿Seguiría siendo etarra durante su último aliento? El huracán o cualquier evento que representa algo de riesgo en su vida, por mínimo que sea, alude siempre a esa muerte.

Pero en esa casa, los vientos no parecen preocuparle a nadie. Junto a Álvaro y Rita fuma un creepy de efecto inmediato junto al portón del garage, el único espacio autorizado por Vivian. El poeta aspira y tose.

Joder, de dónde coño sacas estas cosas.

Rita tiene contactos.

Rita y Álvaro comparten la risa under the influence.

Tenía.

Misma risa. Lasticön se va sumando.

Anda tío, ¿de qué contactos estamos hablando?

Rita vende del mejor.

Shut up, asshole. Ya no. No estoy vendiendo más.

Esto es la hostia.

A ver Lasti: adivina por qué Rita se quedó sin trabajo.

Álvaro. Shut-the-fuck-up.

No sé. La DEA promovió a tu dealer y se mudó a Tallahassee.

Almost...

Big D, su boss, entró en un rehab de Homestead.

Los tres ríen de más. Under la misma influence. Todo se interrumpe con el estruendo traicionero de la uña de Godzilla o algo similar que se estrella contra el portón del garage. Recién ahí se dan cuenta que el huracán está pasando más cerca de lo que creían. O que unas ráfagas perdieron el rumbo. Y vuelven a reír.

A diferencia de la cueva de Álvaro, el townhouse de

Vivian tiene todo lo que hace falta. Hay velas, cartas españolas, agua, tequila. Todo lo que sugiere *Home Depot* para atravesar el fenómeno. Con las últimas energías del celular, Rita explora el garage y da con unos sprays MTN 94: Clandestine red, Twister Blue, Wolf grey.

¿Qué tú crees? Los colores favoritos de Bryan... de su graffiti phase.

Lasticön no la oye. Sacude violentamente los envases uno por uno y recupera dos rojos y un gris. Se quita toda la ropa menos el boxer y unas *Gola* verdes ya en las últimas. Se cuelga de la cadena del portón y lo eleva unos pies, lo mínimo necesario para escabullirse. Toma los dos sprays rojos, los sacude y sopla como cowboy en uno de los Clandestine.

No me esperen para el postre.

Dice y, cerca de la una de la mañana, repta bajo la cortina.

Álvaro y Rita arrancarán una carcajada gemela. No podrán creerlo: Jawan Starder, del noticiero de *NBC 6* del día siguiente, hará un paréntesis en el recuento de los daños naturales para mostrar los daños ocasionados por el hombre. Sobre la diecisiete street, en el murallón de la

New World Symphony, —la proliferación de landmarks compite como plaga con la de las iguanas—, podrá leerse el graffiti

Siete abdicaciones en hilera

y el cáliz perdido.

Ya no quedan mandatos para esta nobleza hedionda.

escrito con rojo Clandestine.

Pero mucho antes de que esto suceda, tenemos un huracán con nombre de mujer –a esta altura ya se sabe que son los peores– rozando South Beach con malicia. Vuelan ramas, se cortan cables, los semáforos se hamacan como psicóticos. Vivian y Rita, aterradas por los truenos, en la cama matrimonial. Álvaro, en el sofá. El cuarto de Bryan para el loco, si es que regresa. Duermen porque sin luz no hay nada que hacer. Pero cerca de las tres, unos golpes rítmicos castigan la puerta de calle. Solo Álvaro los oye. Parece una melodía que no puede identificar pero definitivamente le suena una rola conocida.

Hijo de su puta madre.

Abre la puerta. Lasticön está tajeado por todos lados. Respira agitado y esboza una risita macabra. Entra rengueando de la pierna izquierda.

Big D. Hay que sacarlo de rehab. Tengo un business que no puede fallar

Trashy Avenue.

Una cicatriz en el seno del lounge sin voz ni botox.

Cuando cierra Lee Ann y se muere el rayo y las olas y el silencio

un homeless encuentra su hogar.

En algún momento sublime y sin hora

su hedor se mixtura con fragancia chanel

en salomónico fifty fifty.

Clack, clack, clack.

A ritmo de tacones,

la justicia se marcha con sus risas

a lo profundo de la noche.

Al rato una brisa inexplicable

acaricia el reino de los suelos,

y un delivery etéreo se apea con la cajita feliz.

Tiene todo por soñar el que nada tiene.

Pero ni tacones, ni Chanel ni chillout.

Siete abdicaciones en hilera

y el cáliz perdido.

Ya no quedan mandatos para esta nobleza hedionda.

–Lasticön

Nobleza hedionda

Miami, 2018

Un Buda lascivo y alterado
acecha entre las hojas secas del otoño.
Guarda entre los pliegues de su abdomen
filigranas de violencia para un contraataque eventual.

Su bio destaca
que acepta sugerencias anónimas,
ve menos del ojo izquierdo,
y madruga con el erecto mirando al sol naciente.

En sus sueños se aparece el mismo ciego
que en su leche de muerto
maldice y escupe con fade analógico.

Cada mañana lo invade la idea absurda
de aplicarse las filigranas
y terminar con La Pérfida en solo tres líneas
de un haiku gluten free.

–Lasticön

Filigranas de Buda

Miami, 2017

61

A veces también se me acaban las sonrisas para ti, a veces también se me acaban las ganas de escribirte. Pero te amo, ojala lo entiendas, siempre te amo, pero a veces mis abrazos no tienen calor y mi boca no sabe qué decir... Pero te amo, siempre te amo, cuando no te convengo, cuando no me soportas, cuando te odio, te amo.

–**Alejandra Pizarnik**

A veces

cinco > barista de mis cojones

Rita repara en el jardín diseñado por paisajistas: no tiene nada del pantanal que debe haber sido aquel lugar. Aún no se explica por qué le hizo caso. Pero ahí están. En la granja de rehabilitación de Homestead, se deja envolver por los big brazos de Big D mientras junta fuerzas para presentarle al quemao. Lasticön no sabe esperar.

Joder, cabronazo, ¿qué haces tú aquí? La vida está afuera.

Big D mira a Rita como quien busca una cámara oculta. Ella quisiera que la tierra se la trague y la oculte por un buen rato.

D, my friend: Rita me ha contado mucho de ti. Tenemos que hablar.

Bro, yo estoy en pause.

That's bullshit, broder. Tengo el mejor biz que te haya llegado en años. No entiendo cómo a nadie se le ocurrió antes.

El gigantón se acomoda en una silla de caña que chilla pidiendo rescate.

It's time of new shit. It is. En Europa es la hostia hace rato: el hachís. ¿Lo has probado? Te molas, tío.

Big D está convencido que deben ser varias las cámaras ocultas. Un empleado de seguridad, latino, corte de pelo geométrico y biceps anabolizados se acerca a la charla con el gesto inequívoco de que el horario de visitas ha terminado.

¿Tienes planes para Thanksgiving?

Rita sabe que de esto no va a salir nada bueno. Pero no tiene nada que perder.

Este año, Thanksgiving cayó jueves. Lasticön y Big D juegan una especie de Hot Dog Contest pero con *Mountain Dew*. Empatan a 7. Se trata de una estrategia maquiavélica para poner bien high al gigantón pero de puro azúcar. 46 gramos por cada puñetera lata para ayudar durante los cinco minutos que dura la presentación de la narcotráfica idea. Pero la medicación aleja a Big D de cualquier tipo de business plan y de los locos verborrágicos. El poeta le firma uno de sus libros autogestionados con una dedicatoria larga y sentida que el gigantón tarda casi un minuto en leer. Luego abre una página al azar. Se toma otro minuto.

Big D le ofrece los nudillos, como gesto último de agradecimiento para dar por terminada la presentación y la competencia montañosa. Luego eructa largo y vuelve a clavarse en el *FIFA*. Tres a cero gana el Ajax de Rita a un desconocido Manchester United de Álvaro. Lasticön se acerca a Vivian que cocina el pavo sin la ayuda de nadie. El pavo y el stuffing, la salsa de arándano, el guacamole, y una ensalada de hojas verdes, por las dudas. Versión tacos para Álvaro debido a su fobia por los cubiertos.

Descorcha el Tempranillo que trajo Lasticön y lo despacha con tres copas a ofrecerle al resto.

Oye: que no muerdo.

Órale, te comerás el puré y el stuffing, entonces. El pinche turkey me ha salido bastante duro.

Hablando de stuffing...

Se lleva la mano a los cojones, à la Michael Jackson. Vivian suelta una carcajada. O no la suelta, la desparrama. Arranca genuina pero deriva en algo hiriente.

La hemos pasado bien tú y yo, ¿o no? Anda, bonita, terminarás dándome las gracias.

Oye, cabrón, ¿podemos tener la cena de Thanksgiving en paz? Sin ninguna de tus mamadas.

Ella misma se ríe, ríen los dos. La cocina se abre hacia el living, donde Lasticön, cubierto por la encimera, se baja el zipper y libera su pavo. Lo estira del cogote marcándole las expectativas. Vivian nunca acusa aquella declaración de principios. Lo mira a los ojos con un poco de pena y otro poco de furia.

Pogba cruza la media cancha pelota al pie y se detiene. Los 22 jugadores se detienen. El partido se interrumpe por un par de espontáneos: él grita y la insulta, ella lo arrastra del miembro con una pinza para ensaladas.

Te pasaste de verga, cabrón. Te me vas ya mismo a chingar a tu puta madre.

Vivian abre la puerta y lo deposita del otro lado del umbral. Da un último apretón, como para asentar el aprendizaje.

Googlea "Día de acción de gracias", pinche pendejo, y cuando entiendas de qué va este día, te vuelves. Y si no vuelves, te puedes ir bien a la verga, me vale madres que estés o no estés, cabrón hijo de tu puta madre.

Arroja la pinza a sus pies. Le cierra la puerta en la jeta. Big D busca a Rita con la mirada. Sigue sin encontrar las cámaras ocultas. Pero rompe a carcajearse. Las primeras en meses. Se le cae una lágrima y se toma su panzota. Tose, ríe, eructa, tose. Y tiene una epifanía: ya sabe cómo agradecerle al universo.

El pavo se deja probar pero no es tan amigable para dejarse comer. Vivian tenía razón: salió duro, al borde de lo saludable, FDA Rejected. Big D quiere dar las gracias. Se pone de pie, abre el librito autogestionado en la página cincuenta y seis, doblada en el vértice superior derecho. La alisa. Luego declama

Estimado barista de mis cojones: hit me with your best shot.

Solo si le atinas a mi nombre

te daré las gracias colmando la jarra de los tips

con leche de todos los tipos.

Tose, ríe, tose. Tose, toseructa, ríe. Todos ríen. Álvaro levanta la copa con los últimos sorbos del Tempranillo.

Por Lasticön, el poeta maldito de South Beach, que siempre se las rebusca para estar presente.

Álvaro lo irrita en ausencia. Sabe muy bien que detesta que lo llamen "poeta maldito". Ningún poeta maldito quiere que lo llamen así. Pero él no pierde oportunidad de fastidiarlo desde que le contó que una noche se apareció por la librería *Altamira* en la Miracle Mile para la presentación de un libro sobre Panero, un poeta español o algo así. Allí conoció a un tal Vera, un librero argentino que lo ayudó a publicar sus poemas en un magazine digital que Álvaro nunca recuerda. Vera opinó que, para convertirse en una ciudad literaria, a Miami le falta construir mitos y fantasmas.

El rol de poeta maldito está vacante, le dijo riendo y comenzó a llamarlo así. Al principio se reveló pero la opción "poeta español" le sonaba mucho peor. Joxeba se hubiera muerto otra vez.

Tres golpes rítmicos detienen el brindis. Álvaro abre la puerta, Lasticön irrumpe, le arranca la copa de la mano y se sienta junto a Vivian.

Por *Google* y el verdadero espíritu del Día de Acción de Gracias.

Seis homeless reclutados en el desespero de Washington Avenue lo siguen marchando como un ejército. El batallón del hedor y la venganza. Vivian no da el brazo a torcer con ese pinche lunático. Como la mejor de las anfitrionas, atiende con esmero a los mugrientos que arrasan con todo lo posible.

Muchas gracias, es todo delicioso.

dice uno de los tipos, un americano con modales de otro personaje y acento curioso. Un par de ellos descubre la gaveta de los alcoholes mexicanos, Vivian sirve un extra de penne rigate para acabar de una vez con el hambre. Raspa la fuente para completar una última porción, los prensa como hizo con el pene del imbécil y se da cuenta de que está usando la misma pinza de la ensalada que ahora se la da de multitasking. Hijo de tu puta madre. Lasticön le sonríe con regocijo infantil.

Una botella cae al piso, se hace añicos. Rita llega con una escoba y una palita para levantar los vidrios y uno de ellos le pellizca el culo. Álvaro le quita su tequila de la mano, lo empuja y se gana un patadón en los huevos. Lasticön encuentra el bate y punta directo a la cabeza del más violento de los dos. Pero una mano lo detiene en seco: el tipo de los modales refinados, piensa el maldito. El que reclutó en *Lee Ann Drugs*, que habla con un acento gringo salpicado de colombianismos.

Déjeme que yo me encargo destos hijueputas.

No es karate. Ni judo. Ni taekwondo, piensa Álvaro doblado en el suelo. Es una pelea sucia, traicionera. Pero efectiva. Los dos mugrientos terminan despatarrados en la calle. Uno de ellos con la nariz destrozada. El justiciero de *Lee Ann Drugs* frena a Lasticön, una vez más, cuando se le abalanza al herido con el swing listo para conectar con su hemisferio derecho, el hemisferio del arte y la sensibilidad. No por nada es el bate de Giancarlo Stanton, piensa Álvaro. Dos intentos, zero hits.

Suena el claxon de un *Mustang GT* negro con los vidrios polarizados. Big D avisa "es para mí" y comienza a despedirse de los que fueron a curiosear la golpiza. Pasa por sobre uno de los golpeados con llamativa parsimonia, piensa Álvaro, a sabiendas que cualquier reclamo se acallaría por su propio peso. Cuando se abre la puerta del acompañante, espía por unos segundos al conductor, un chavoruco con bigotito ridículo a lo Vicente Fernández. El deportivo acelera y todo el vecindario se entera. Álvaro se desilusiona: creía haber conocido a un poderoso jefe narco pero nadie del lado turbio de la ley llamaría tanto la atención innecesariamente.

El *Mustang GT* dobla en la cinco y enfila hacia el downtown por el MacArthur Causeway. Pasa Fisher

Island y a la altura de Star Island, casi como un homenaje a Scarface, frente a la mansión donde lo acribillan, el ruco abre la gaveta y toma una 9 milímetros que ahora le extiende a Big D.

Es hora que usted entre a jugar en serio, marico.

Pasan frente a la dársena de los cruceros. Big D tiene la intuición de que debería estar en la borda de ese *Carnival* a punto de zarpar a las Bahamas.

La mañana los sorprende en plena charla. Una vez que se fueron los homeless, que el héroe impensado se dio un baño, se afeitó por primera vez en meses, se calzó algunas prendas de Álvaro –de la época en que lucía más rellenito, antes de la depresión y la delgadez preocupante–, y se divirtió con el makeover de Vivian, Rob les empieza a contar su historia. Y entonces suena el celular de Álvaro. Llama Lasticön. ¿En qué momento desapareció el pinche lunático? Dice que fue arrestado en un *Brandsmart* y necesita que le pague su fianza.

Barista de mis cojones:

hit me with your best shot.

Solo si le atinas a mi nombre

te daré las gracias colmando la jarra de tips

con leche de todos los tipos.

No hay luz en este azar.

Todo el arrabal a ciegas:

el viaje

la gripe

el sexo

la espera

y la reencarnación.

Si por mí fuera

repleto la nación de iglesias desdentadas

y atardeceres sin wi fi.

–Lasticön

Barista de mis cojones

Miami, 2015

En otro acto de arrogancia,
El Papa Jones mete dedo en culo
por solo 5 rezos.

Con este arsenal y un cupón de Sedanos
enfrentas el bajón: pizza de karma
y leche de tigre.

5 A Eme. Hora huérfana.
No hay ley, se brotó el security,
balearon al cristo de la guardia.

Nadie tiene un duro para el entierro.
En el nombre del padre, del hijo, del espíritu santo,
AMEX.

-Lasticön
Arrogancia
Miami, 2015

Poeta negro, el pecho de una doncella
te obsesiona,
poeta amargado, la vida hierve
y la ciudad se quema,
y el cielo disminuye en lluvia,
tu pluma escarba en el corazón de la vida.

–Antonin Artaud
Poeta negro

seis > codo a codo

¿Qué mierda hace este tío aquí?

Las siete horas en prisión habían limado las casi inexistentes dotes interpersonales de Lasticön. El héroe inesperado de *Lee Ann Drugs*, aún homeless pero con un makeover que lo disimula, ya está avisado. Se puede esperar cualquier cosa de este loco. Rob le extiende una bolsa de nylon con la leyenda "Thank you". Álvaro enciende el motor.

Resultó que el cuate en otra vida fue abogado. Y si no fuera por él, pinche cabrón desagradecido, podrías haber seguido ahí dentro, cogido en el hoyo por los peores criminales de Miami todo el pinche fin de semana.

Lasticön lo escanea una vez más y mira al interior de la bolsa.

¿De qué son las empanadas?

Creo que de "ya-fuckin-cómetelas-sin-abrir-el-hocico", cabrón. Hasta tu pinche *Mountain Dew* te compramos.

75

Es diet.

El maldito apoya la fría lata que ya no está tan fría sobre su rostro magullado.

¿Qué te pasó en el *Brandsmart*?

Nada, tío. Que me lié a hostias con un moreno por una cortadora de césped.

¿Y para qué quieres tú una pinche cortadora de césped?

Yo no quería una cortadora de césped. Yo quería liarme a hostias con el moreno. Es un *happening* que hago cada Black Friday.

Álvaro mira a Rob, que no parece sorprendido.

Era gigante el hijo de puta.

dice Lasticön haciendo rodar la lata por el hinchado parietal derecho.

Espero que hayas aprendido tu pinche lección.

El Lieutenant Sosa atraviesa el vallado que rodea la entrada de una casa frente al agua en Keystone Islands, un barrio semicerrado que vive en una paz relativa y no está acostumbrado a este tipo de crímenes. En la escena trabaja el CSI Hialeah, tal como suelen llamarlos los poli bullies a este equipo de puros hijos de cubanos. Armas, drogas, siete cadáveres.

Lieutenant.

¡Asere! Parece el principio de otra guerra.

Se acuclilla para ver si encuentra detalles en los cuerpos aún calientes y nota un aroma dulzón. Un vómito con pista.

¿Lo sientes? ¿Qué coño es esto?

Lo más probable es que sea una bebida energizante.

Maricones, trafican coca y se dan valor ¿con qué? ¿*Red Bull*?

Lo más probable. O *Mountain Dew*. Solo esa mierda tiene más azúcar.

Vivian da un sorbo al East Coast Espresso de *Panther Coffee*. Guarda sus flip flops en la bolsa y entierra sus pies en la arena por primera vez en mucho tiempo. Cuando su padre vivía, solían levantarse temprano para presenciar el amanecer. Y solos los dos cruzaban el alligator alley únicamente para ver el sol hundirse en el mar de Naples. Pinche viejo, cómo se desmoronó tan fácil otra vez. En los 70s y 80s, en Monterrey, el viejo había hecho plata con la compra-venta de oro y luego de automóviles. Hasta que su esposa se muere y él ingresa en una depresión en la que pierden todo. Vivian decide empezar de nuevo, lejos. ¿Por qué Miami? Porque buscaba un lugar donde nadie la conociera. Donde el pasado se reescribe con deseo.

Se sienta en la arena junto a su hermano que observa la lección introductoria de Krav Maga de Rob a Lasticön. Cómo partirle el codo a un motherfucker que lo sujeta del cuello.

Sigo sin entender por qué ayudan a este cabrón.

Álvaro le roba un sorbo del Espresso. Se queda pensando. Ella lo apapacha en la espalda.

Este wey me saca de la cama más rápido que los antidepresivos. Son increíbles las mamadas que hace. Cómo se autochinga todo el tiempo el hijo de su putísima madre.

¿Por qué no vienes a trabajar conmigo?

¿Al pawn shop? Quiero salir de la depresión, sin suicidarme. Hasta nuevo aviso.

Asshole. Ya no nos vemos mucho.

¿Quién chingados te mandó a mudarte a Springfield?

Coral Springs.

Same shit.

Lasticön termina revolcado otra vez. Se marcha refunfuñando al mar. Rob se sacude la arena. Disimuladamente evalúa la intensidad del sudor. Quisiera unirse a los hermanos pero teme interrumpir una charla íntima.

Estás igual que papá. Algo tienes que hacer.

Yo lo maté.

No seas imbécil. ¿Otra vez con eso? Lo mató la muerte de su único nieto.

Lo sé. Pero yo maté a su nieto.

No empieces. No fue tu culpa. Solo fue a visitarte.

Tú qué sabes.

¿Qué es lo que no sé, cabrón?

Álvaro sostiene la mirada de su hermana para decir algo. No lo hace. No comprende cómo la policía no resuelve un caso tan mamón, cómo no se les prende el foco, pinches ineptos. Se acuesta mirando el cielo.

¿Hablaste con Sosa?

Mandé a Rob a que hable con el pinche inútil a ver si le sacaba algo más, pero siempre lo mismo. Son los casos más difíciles porque parece un crimen random. En el parque hay mucha droga y cruising anónimo. ¿Sabes qué es el pinche cruising?

Álvaro asiente.

¿Cómo que sabes, pinche joto? Yo no tenía ni puta idea. Y no sé qué tiene que ver con mi hijo pero parece que algún adicto o un puto maricón me lo mató sin ninguna razón y luego luego ahí mismo anda el hijo de su chingada...

Álvaro se ha quedado profundamente dormido. "Pussy", piensa Vivian. Pero de inmediato corrige a "Dick": en esa familia los más escuincles siempre han sido los hombres. Su hermano seguro se desmayó del puro coraje que le da la injusticia de la muerte de Bryan. Le reacomoda el flequillo. Lo contempla. En el fondo, le gusta cuidarlo.

Lasticön ataca a Rob por la espalda pero antes de darse cuenta cómo, ya está de nuevo en la arena con la nariz rota.

Oh, shit. I'm really sorry.

Planeando contra el viento, una gaviota reidora parece regocijarse con la escena. Deciden curarlo en casa de Álvaro que no reacciona ni cuando lo despojan de sus llaves.

Vivian aplica un cicatrizante en la nariz de Lasticön. Él se muestra dolorido. O gozando, ella no lo sabe. Ese gesto podría significar cualquier cosa. Cómo sucedió que este freak y sus salidas absurdas se convirtieron de pronto en la norma de sus vidas.

Rob toma el retrato de Bryan, de un día que saltaron en paracaídas.

¿Tu hijo?

A Vivian le gusta su acento colombo americano. Asiente.

Era… Y tú, ¿tienes hijos?

Rob deja escapar una lágrima. Vivian lo despoja del retrato que deja en la repisa, y lo abraza. Pasan siglos. No es incómodo. Parece más bien un reencuentro que un encuentro.

Para mí está rota.

Lasticön evalúa la situación en el espejo junto a la puerta. Tiene en la palma de su mano la venda que Vivian le aplicó un par de minutos antes.

¿No tienes algo que hacer?

Vivian abre la puerta y lo deposita afuera. Vuelve y retoma el abrazo por un siglo más. Lo mira a los ojos.

Do you wanna fuck me?

Shit, I haven't have any in years.

¿Years? ¡No mameeees!

Vivian lo toma de la mano y lo arranca de su incredulidad. Se marchan al cuarto. Rob se deja.

Álvaro despierta con el ardor en el rostro. Recuperar en la playa el sueño adeudado a la noche, energiza como pocas cosas. Necesita varios minutos para soportar la luminosidad de la mañana. Se pone de pie y emprende la vuelta a casa. En el portón se encuentra con Rita. El ya prolongado abrazo Miami se extiende y transforma en algo más personal. Álvaro permanece aún en ese estado entre el sueño y la vigilia donde nada está fuera de lugar.

¿Cómo has estado, Rita?

Bien. No como el asere. What happened this time, dude?

La nariz de Lasticön ha vuelto a sangrar. En el estrecho sendero que va de Meridian Avenue al alleyway, termina de rayar con un penny una frase en la medianera

soy la muerte y una elipsis

Rita y Álvaro comparten los restos de un porro. Como un SOS en clave morse, la libido acumulada de Rob se expresa en el golpeteo incesante de la cama contra la pared.

Tu hermana sí que es guarra. Este tío era homeless.

Pero antes era un abogado. De narcos. Nadie es perfecto.

Pero ayer era homeless.

Rita echa a reír. Los otros la miran.

Lasti: you're so fucked up, dude. Homeless sería tremendo upgrade para ti.

Álvaro ríe y tose, todo a la vez. Lasticön siente el infame orgullo del poeta maldito. Un orgullo que ningún poeta maldito atina a sentir.

Acabo de flipar en colores. *I am* fucked up, sí soy un puto fantoche. Jo-der.

Bien, el primer paso consiste en reconocer que eres un pinche fantoche.

¿Dijiste "abogado de narcos"?

Lasticön no aguarda la respuesta. Sale endiablado hacia el apartamento. Sube las escaleras de a dos escalones y comienza a golpear la puerta. Rita jura que al mismo ritmo que tenía el traqueteo de la cama en la pared. El vecino colombiano sale al hall, encuentra desprevenido al mismo hijueputa de la vez pasada. Cuando el maldito gira, el vecino lo toma del cuello. Pero antes de darse cuenta cómo, en un movimiento instantáneo, le parte el codo. Grita como un niño. Llegan Álvaro y Rita.

Qué hiciste, cabrón.

¿Cómo "qué hice"? Aprendí la lección.

Asisten al vecino que no para de quejarse. Rob abre la puerta en pelotas. Lasticön lo escanea y se detiene en su diminuta verga. Echa a reír. Le cuesta hablar.

Tío, tienes que ayudarme. Tengo un business que no puede fallar.

Un revolucionario despierta del coma
tragando sangre seca.
Pide ropa vieja pero le devuelven silencio
y un póster del Che.

"¿Dónde están mis amigos –pregunta con señas–
que luchamos codo a codo?"
La enfermera dispara una pistolita de agua
para evaluar trastornos.

"Me asumo espectro –repite 7 veces–
aunque sude, aunque llore.
Soy la muerte y una elipsis.
Merezco, malditos, una rima absurda
y a las 5 jineteras del apocalipsis".

–Lasticön
Codo a codo
La Habana, 2014

Una idea se abre paso en la tarde muerta
con la soberbia de quien sabe la respuesta.
Dime que no.

"Seis ardillas en duelo fraticida
se van por las ramas del crepúsculo
tras un fruto mezquino.

La danza es infausta,
un time lapse vanidoso y cutre
donde nadie se rinde
donde nadie se impone.

Abre su vientre la tierra y el fruto se entrega.
Con disimulo de carnada se lanza al vacío
y en vuelo apátrida las convoca a una cita con lo oculto.

Cuando despiertan el género es sci fi,
un Uber-robot alega
que número VI murió en el viaje,
sus rabos tienen vida y hablan siete idiomas,
mientras la Hache.., la ache hace tiempo
fue discontinuada.

En plan salvar al mundo
y restaurar el reino benévolo de la justicia poética..."
–me explayo, y a la vez me desvanezco..

Las puertas del cielo cicatrizan en mi cara.

Volvemos siempre al ground floor.

"Get used to rejection" me tatúo en el vientre

y mientras practico hipocresía

reúno cojones para atacar allí,

donde más les duele.

−Lasticön

Cinco Ardillas

New York, 2016

Soy sucio. Los piojos me roen. Los cerdos vomitan al mirarme. Las costras y las escaras de la lepra han convertido en escamosa mi piel cubierta de pus amarillento. No conozco el agua de los ríos ni el rocío de las nubes. En mi nuca crece, como en un estercolero, un hongo enorme de pedúnculos umbelíferos. Sentado en un mueble informe no he movido mis miembros desde hace cuatro siglos. Mis pies han echado raíces en el suelo y forman hasta la altura de mi abdomen una especie de vegetación viviente, repleta de innobles parásitos, que todavía no llega a ser planta y que ha dejado de ser carne. Sin embargo, mi corazón late. Pero ¿cómo podría latir si la podredumbre y las exhalaciones de mi cadáver (no me atrevo a llamarlo cuerpo) no lo nutrieran abundantemente? Bajo mi axila izquierda una familia de sapos ha fijado su residencia, y cuando uno de ellos se mueve, me hace cosquillas.

–Isidore Lucien Ducasse, Conde de Lautréamont

Canto cuarto / Cantos de Moldoror

siete > bilis angelical

Vivian siente su verga empinarse indomable. No es su verga verga. Es su verguita. Rob la rodea con sus brazos gigantes y ella no puede —nunca puede— evitar el acceso a la idea de inadecuación de aquel órgano XS en aquel cuerpo XL. El tipo fue abogado de narcos, perdió a su hija en una venganza de negocios, vivió en la indigencia más de 15 años. Pero tener esa mini verga debe ser el trauma de su vida. Ella nunca se lo hace sentir, mucho más porque Rob, o su complejo de inferioridad o su trauma, se esfuerzan el doble para compensarlo por la vía sublingual.

Un pequeño aeroplano arrastra un banner con el clásico Got milk? Vivian se moja a dos aguas. La del mar, después de todo un día soleado, provoca una sensación amniótica. Esta tarde de lunes en las playas de South Beach sería perfecta si no fuese por esa nube negra que se acerca: el maldito viene pateando una bolsa de plástico en dirección al mar.

¡Pinche lunático, piensa Vivian mientras empuña la verguita sobre el traje de baño y desata la coreografía del horror. Hay pudor en Rob, territorialidad en ella. Odia estar celosa de ese culero. Si es que de celos se trata. Porque tal vez no sean celos, piensa. Simplemente detesta el absurdo de ceder su verguita para estas estúpidas sesiones mitad Krav Maga, mitad drug business 101.

The pinche ball is on my side. La psicoanalista de Boca Ratón aguantaba el largo, tenso silencio con inexpresión lacaniana, recuerda Álvaro mientras ataca por varios flancos la Sifrina, una arepa de foodtruck. De esos que ahora se ven por decenas en Little Caracas, un distrito imaginario con su capital en el Doral y municipios ramificándose por todo Miami. Él intuye que había llegado el momento preciso de remover el recuerdo cancerígeno de una vez y que el universo decidiera. Pero se auto-chingó, calló. O por lo menos eso bordeó su discurso, el auto-boicot. Y lo relacionó con Lasticön y su modus operandi. Ella notó el desvío pero ya no pudo regresarlo al cauce anterior. Su sesión de arepa finaliza abruptamente cuando los restos de lo que fue se le resbalan entre los dedos y suena el celular.

Rita llora desconsolada en el pecho de Álvaro. Lo presiona, como si rogara ser tragada. De milagro, nunca estuvo en verdadero peligro pero sabe que el tiroteo de la Marjory Stoneman Douglas, su high school, dejó demasiados muertos. Y no se atreve a mirar las noticias. Necesita que Álvaro le lea la lista de heridos y fallecidos sin dejar de abrazarla. Y él que se reconoce idiota emocional solo obedece, sintiendo que en cualquier momento la friega y ambos se brotan a duo. En eso anda perdido su freakeado pensamiento cuando la niña, que tiene la misma edad de Bryan, comienza a besarlo. Y él solo obedece.

Lasticön camina rengo en dirección a Flamingo Park. Le emputa ver a Vivan con el mini pene. Esa tía le yergue su average size como nadie. Algo que nunca le había pasado con una mujer mayor. Le duele todo el cuerpo pero es un dolor placentero que le recuerda que también hizo Krav Maga, que Rob le dio de hostias y le hizo morder la arena varias veces. Porque ese dolor también cancela —torpemente— la puñetera sensación de que nada disfruta más que los tips de new business. Jo. Hasta como poeta maldito es un puto fracaso. Cruza Meridian solo para practicar el headbutt recién aprendido en un *Tesla S*. Cuando se dispara la alarma, echa a correr hacia Alton Road. Le cuesta cruzar la avenida. El tráfico se enmaraña porque están arreglando el asfalto que no recuerda que necesitara arreglarse. En South Beach siempre reparan las calles.

Se propone rescatar al poeta, un rato por lo menos. En el baño de *Whole Foods* devora unas barras de cereal que nunca pagará, y las baja con una lata de lo más parecido a una *Mountain Dew* que encuentra. En el espejo del escusado para gente con discapacidad, escribe con marcador indeleble:

¿Dónde dejé mi bilis angelical?

¿Dónde?

¿En el burdel de la calle solitaria?

¿En el vino barato del *Seven Eleven*?

¿En el alley donde pinté tu nombre con orín?

Otra noche sin nubes. Como hace meses. Hostias, ¿cuánto hace que no llueve? El jodido chaparrón miamense, efímero y traidor, parece haber sido deportado por el puñetero ICE. Lo único que él admite extrañar de Euskadi, su minúscula llovizna. Nada más lo mueve a la melancolía que el recuerdo del Xirimiri. Así llamó al fanzine que fundó a los 17 años, quince minutos después de liarse a golpes con los responsables de la publicación de su colegio. Da un último sorbo a la *Mountain Dew* wannabe, y aplasta la lata con una pisada furiosa.

Aunque la cerradura está falseada desde hace dos meses, Lasticön salta, como siempre, el fence instalado para que nadie lo salte y se dirige al apartamento de Álvaro. Un tip de Rob le enseñó a abrir las puertas con la tarjeta del *CVS*. Esta vez le lleva un poco más de tiempo de lo habitual. Se dispone a subir cuando oye un gemido. Y otro. El rastro erótico auditivo lo lleva al estrecho sendero que va de Meridian Avenue al alleyway, entre el renovado edificio art decó y la medianera. Otra mamada anónima, de esas que tanto detesta Álvaro. Hijos de puta, piensa. Se acerca con sigilo y los sorprende: se baja la cremallera. El mamado pone cara de haber sido invadido por los hunos pero el mamador encara la doble tarea con una naturalidad convincente.

Joder Joxeba, qué fácil es ser marikon.

Whot?

rezonga con la boca llena. El poeta se seca una lágrima.

Keep sucking.

Lasticön eyacula en lo que se dice Fernando Alonso y mira al otro mamado con una expresión triunfal, de esas que debió usar Fernando Alonso cuando todavía ganaba carreras. Se seca en la patilla del mamador y se marcha sin despedirse, sin regresar su fórmula uno a boxes.

Encara la puerta que dejó entornada, sube los escalones de a dos en dos y con la magia del *CVS* irrumpe en la quietud del apartamento de Álvaro. Jala la palanca de la ventana y los paneles de vidrio se separan. Al pie de la ventana ubica una olla, se trepa y confirma que la altura es la apropiada. Echa dos movimientos élvicos y desata el meo que caerá justo en medio de los sexorales del sendero. Una corrección mínima redirige el chorro al centro mismo del cráneo del mamador. Los gritos y los piedrazos —uno de ellos hace añicos dos paneles—, despiertan a Álvaro, que llega encuerado y peleando cuerpo a cuerpo con sus lagañas.

Cabrón, what the fuck!

Tío, qué haces durmiendo a esta hora. Si no son ni las dos.

Rita llega envuelta en la sábana.

Jo, que esta guarra es menor.

Last two months.

No mames. Rita, ¿te acuerdas cuando este pinche idiota era un poeta maldito? ¿Quién se lo iba a imaginar así de mamón?

Rita lenguetea sus labios y lo regresa a la cama. Comienza a jalársela con una mano mientras con la otra alcanza su celular. Presiona el ícono de la cámara, desliza a la derecha, la configura en video. Y se lo entrega a Lasticön que solo los graba por cincuenta y siete segundos. En cincuenta y dos de esos segundos, el encuadre es un close up de su dedo mayor en el ano de un Álvaro que bombea suave a la guarra menor de edad con la regularidad de un metrónomo. Y que no se enterará que aquel dedo pertenecía al camarógrafo hasta ver el video, varios meses más tarde. Lasticön se aburre y se marcha al living.

Nunca fui un poeta maldito.

El resto del polvo tiene como soundtrack Athletic de Bilbao 2 – Chelsea 0. Muniain y Susaeta juegan un partidazo. Y a continuación Athletic 0 – Manchester City 3. Guardiola es el puto amo.

Más el ruido de un vidrio al quebrarse.

A la mañana siguiente, Álvaro despierta a Lasticön con un café bien oscuro. La consola sigue esperando que active el cambio de Iñaki Williams con la segunda equipación del conjunto vasco. El control en el suelo. La cremallera abierta. La playera babeada. Hinchazón en la frente.

Lasticön le extiende el retrato de Bryan, del día en que se tiraron en paracaídas.

Tenemos que cerrar el círculo, tío. Hay que lanzarse.

El vidrio está quebrado en varios fragmentos.

Un domingo cualquiera de left overs y pizza fría
insisto anclado a la palabra.

Perjuro en verso y actitud,
el confort traicionero que proviene
del orgullo que he confiado a un párrafo críptico.
Un axioma venenoso que depara
con suerte,
diez minutos de eternidad
y aplausos de un pirata inglés.

God Save the Queen as PDF.

–Lasticön
Poesía gym
Miami, 2017

¿Dónde dejé mi bilis angelical?

¿Dónde?

¿En el burdel de calle solitaria?

¿En el vino barato del Seven Eleven?

¿En el alley donde pinté tu nombre con orines?

¿Dónde?

¿En las entrañas de un mendigo?

¿En los ojos del possom de la medianoche?

¿En el vómito de Washington Ave?

¿Dónde?

Volveré sobre mis pasos

intercalando cada tanto

un pas de deux.

–Lasticön

Bilis Angelical

Miami, 2017

Yo nací un día
que Dios estuvo enfermo.
Hermano, escucha, escucha…
Bueno. Y que no me vaya
sin llevar diciembres,
sin dejar eneros.
Pues yo nací un día
que Dios estuvo enfermo.
Todos saben que vivo,
que mastico… y no saben
por qué en mi verso chirrían,
oscuro sinsabor de ferétro,
luyidos vientos
desenroscados de la Esfinge
preguntona del Desierto.
Todos saben… Y no saben
que la Luz es tísica,
y la Sombra gorda…
Y no saben que el misterio sintetiza…
que él es la joroba
musical y triste que a distancia denuncia
el paso meridiano de las lindes a las Lindes.
Yo nací un día
que Dios estuvo enfermo,
grave.

–**César Vallejo**
Espergesia

ocho > caída libre

El Cessna Caravan alcanza los trece mil pies de altura. Tiene espacio para quince paracaidistas pero hay apenas un puñado. Todo se llena de silencio. Muchos revisan por última vez su equipo, llevan su mano al paracaídas de reserva.

Con disimulo, Álvaro escudriña a Lasticön, uno de los únicos dos rookies que saltarán en tandem con un instructor. Se ríe y lo comenta con Rita. Ambos tienen más de quince saltos y se ubican segundo y tercera en el orden de salida. El entrenamiento en tierra duró casi una hora y Lasticön parecía no prestar mucha atención. Ahora que la escotilla abierta deja entrar la inminencia del salto, su cara evidencia susto y humanidad. O no, nunca se sabe con este maldito imbécil.

Carnal, es un minuto de caída libre que te cagas, tiras del ripcord y tienes 5 minutos de una pinche paz que tú no has sentido en tu puta vida, cabrón.

Él no escucha. Nunca lo habían visto tan asustado, tan vulnerable. Definitivamente ha desistido. Rita piensa que tal vez haya un ser normal debajo de este professional asshole. Han comenzado los saltos. Llega el turno de Álvaro que se asoma a la escotilla. Repara en la suerte de saltar en un día tan despejado: puede ver los cayos al sur y hasta el Downtown Miami en el norte. Su ritual consiste en balancearse tres veces para arrojarse en el último con un envión más estético que práctico. Pero en el segundo movimiento, siente un empellón, casi un tackle desde atrás y cae al vacío. El cabrón de Lasticön se ha lanzado sin paracaídas, pinche loco de mierda.

Pinche loco de mierda, por qué te quieres matar.

Yo no me quiero matar.

Sospechan el diálogo porque a ciento cincuenta millas por hora en caída libre no se escucha muy bien. Lasticön dice cosas pero se da cuenta de que sus impulsos son jodidamente traidores. Necesita hacer para entender. Para entenderse. ¿Esto es todo? ¿Así termina? Recuerda su niñez en Euskadi. El fútbol, la fractura de tibia. El video de "Thriller". El verano en Gurendes, el año de la inundación y de la primera vez que oyó un "marikon". Más atrás, la bomba, los juicios, la cárcel. Joxeba en la tina roja. Y el abismo de sus ojos. El tres a dos en Old Trafford. El barco, Santo Domingo, New York, Miami. La poesía. La soledad. La poesía:

Llega al pawn shop la muerte

con uñas pintadas de mierda

más larga en el dedo meñique

para rascarse el oído que todo lo oye.

Uñas que hurgan los hígados trémulos

y escriben en la nalga izquierda

el contrato leonino que los vendealmas

firman con sangre de su niño interior.

¿Cómo que no te quieres matar? ¿Para qué haces esta chingadera, cabrón hijo de tu puta madre?

Lasticön se aferra al paracaídas de Álvaro que le suelta la mano. Han pasado largamente el minuto de caída libre y ambos lo saben. El maldito lo toma del pelo y le parte la nariz de un golpe seco, sucio, kravmaguiano. Se enrosca en el arnés y en una de las perneras. Álvaro le escupe sangre pero el disparo se va a la estratósfera.

Vamos tío, tira de la puta manija.

¿Qué te pasa, cabrón? ¿Tienes miedo? ¡Wey, sí que tienes miedo, cabrón! Qué gran final, cabrón. Qué no eras el pinche…

Lasticön tira de la manija del paracaídas de reserva. El tirón le disloca el hombro a Álvaro. Dan unas vueltas fuera de control. Lasticön casi se suelta. Caen entre unos árboles, una rama se clava en el brazo dislocado. Tocan tierra a unos veinte kilómetros por hora. Lasticön se quiebra la tibia y el peroné de la misma pierna que la primera vez.

Álvaro logra ponerse de pie y arrastra a Lasticön unos cincuenta metros —aún enredado en la pernera—. El psicópata no para de gritar como un escuincle. Harto de los quejidos, se detiene, nota que el otro se ha meado encima. Pisa justo ahí, deja caer todo su peso en los huevos del maldito para dejar constancia que lo vio mearse encima. Y recién entonces lo desenreda. Amalgama una buena cantidad de sangre y saliva, y la escupe con saña en el rostro del pinche ojete. Todo da en el blanco. Se aleja cargando el equipo en el hombro sano. Se da cuenta de que ya no hay gritos. Solo el viento entre los árboles.

Retire su equipaje en el carrusel número siete. Gracias por volar con nosotros

dice el hijo de su chingada madre justo antes de vomitar.

La muerte llega a su pawn shop
con uñas pintadas de mierda
más larga en el dedo meñique
para escarbar el oído que todo lo oye.

Uñas que hurgan en hígados trémulos
y escriben en la nalga izquierda
el contrato leonino que los vendealmas
firman con sangre de su niño interior.

¿Qué sabes y qué quieres saber?
Nunca es el mismo precio.

Sibilas en desgracia danzan desnudas y lamen axilas,
en su cabaret-limbo al que solo se llega a través
de una puerta vetusta y oxidada.
De allí nadie sale como entró.
En el celo de lo inminente se empeñan riñones
o se prueba el placer de los iniciados:
depilar con los dientes
el arbusto sibilo de los siete meses.

Pero basta de palabras. Es tu turno.

–Lasticön
Uñas pintadas
Miami, 2018

Amaños, acertar por error en la contienda,

rumiar una respuesta en caída libre,

para que nadie la escuche.

El fracaso en su salsa...

¿pero qué salsa siente la música del viento,

rugir al oído de lo que se tragará el tiempo?

Torear la famélica muerte

listar los pendientes con letra aplicada.

Echar a la hoguera las huellas del self

nacer a la nada sin más que perder.

Renombrar los objetos que caen del suelo

desandar una historia de tenues y gélidos tropiezos.

Soy otro. Soy el mismo. Soy sauce.

–Lasticön
Caída libre
Miami, 2018

Entonces, en mi infancia, en el albor
De una vida tormentosa, del crisol
Del bien y el mal, de su raíz misma
Surgió el misterio que aún me abruma:
Desde el venero o el vado,
Desde el rojo acantilado,
Desde el sol que me envolvía
En otoño con su pátina bruñida,
Desde el rayo electrizante
Que me rozó, seco y rasante,
Desde el trueno y la tormenta,
Y la nube suave y clara
Que, en el cielo transparente,
Formó un demonio en mi mente.

.

–**Edgard Allan Poe**
Solo

nueve > pantano

La playa está casi desierta. Álvaro y Lasticön se miran. Les duele la fiereza del sol en el rostro. Otra mañana sin recuerdos. Acaban de despertar, los dos a la vez. Debe haber sido el puñetero ruidito del buscador de metales, piensa el maldito. Joder. ¿Viven de eso? ¿Es un hobbie? ¿O un part time como el *Uber*? Ojalá el cabronazo encuentre el cuchillo clavado en la arena fría. No recuerda por qué no regresó por la camarerita argentina que les contó aquella superstición que controla las precipitaciones. Hace varios meses que no llueve. Miami vive del turismo, debería ser un dato importante. Pero nadie se preocupa mucho. Después de todo, no es esta una jodida aldea de granjeros. Mientras el mar no se evapore ni la coca se aparte de la noche, los visitantes seguirán llegando.

Caminan como zombies —Lasticön especialmente con su férula y sus muletas—, buscando una colada que los regrese de su estado catatónico. Se cruzan con un grupo ruidoso donde todos lucen t-shirts con el lema "March for our lives". Lasticön lee dos pancartas, una con el acrónimo "NRA, Now Ruining America" y la otra "Path to change". Se da cuenta de que perdió su calzado y viste una camiseta que no le pertenece. Escote en V, mangas de mujer, aún conserva un perfume dulzón.

Vuelve en sí: hoy es el gran día. Sabe que esta tarde va a honrar la herencia maldita de Rimbaud. Pero no se imagina cuánto.

Álvaro conduce un Nissan Sentra alquilado. A su lado, Rob da precisiones innecesarias. La ruta 41 atraviesa los Everglades. Desde el sur de Miami hasta Shark Valley, el camino parece trazado con regla. Una geometría absurda para este pantano deforme, piensa Lasticön. Agita la lata para combrobar que ya no hay restos de su *Mountain Dew* y la apretuja con el talón. Luego escribe en el tapizado de la puerta

Una geometría absurda allí

donde el viento norte apila

fogatas, campanarios, pizarniks,

y un alebrije estéril que habita

el pantano tierno de tus bragas.

A la vera de la ruta se ofrecen paseos en airboats y hamburguesas de caimán.

Quiero probar una alligator burger.

No mames. Caen de la chingada, cabrón.

Un caimán panzón se asolea muy cerca del asfalto.

Estos tíos se acuestan a dormir una siesta, y despiertan entre dos panecillos.

Lasticön se ríe solo. Rob está nervioso y Álvaro lo nota.

Dude, ¿qué le dijiste a mi hermana?

Nothing. She doesn't know. Nada. El que no sé a qué viene, eres tú.

Yo tengo mis razones, carnal. Pero gracias por ayudar a este cabrón.

Álvaro lo mide por el espejo, esperando en vano que el pinche imbécil sepa agradecer. O lo intente por lo menos.

No sé por qué lo haces. Es un pinche loco de mierda.

And you? Why you do it?

Lasticön baja la ventanilla eléctrica como si aquello le permitiera ver mejor el puesto de comidas frente al que pasan a toda velocidad. Se larga un aguacero que dura lo que un bocado.

Tengo hambre: paremos a comer lagarto.

Rob y Álvaro se miran. Y echan a reír. Rob no lo dice pero fue Lasticön quien destrabó su reinvención cuando lo invitó a la cena de Thanksgiving, la noche que conoció a Vivian y se dio la mejor ducha en más de 15 años. No hace falta.

So... lo ayudo porque si lo dejo solo se lo comen... like an appetizer. Alligator tapas.

Erre que erre, cabronazos. Es un business que nos hará millonarios. Mientras reescribimos la puta historia del narco en los Estados Unidos: el hachís es la leche, y va a destronar a la puta cocaína.

Casi tres meses antes, este spaniard freak le había propuesto un negocio tan absurdo que no pudo rechazar. Un desafío que lo puso back in business sin darse cuenta. Su idea inicial consistía en patearle el culo con lecciones de Krav Maga, mientras le explicaba —con argumentos— por qué todo resultaba tan estúpidamente inviable. Pero se vio envuelto en la tormenta perfecta.

Los vascos somos los principales exportadores de armas de España. Traer hachís de Marruecos será un juego de críos.

Este fucking desquiciado tiene un poder inexplicable para embarcar a la gente en empresas imposibles. Parte de su familia integró el tejido social que luchó junto a la ETA, mucho know how en aparente desuso. Resultó que tenía los contactos para intentarlo. Ellos pueden dejar la mercancía en cualquier puerto de México. El último aventón a la Florida y su distribución, a cargo del socio local. Un negocio llave en mano, muy lucrativo. Imposible negarse. Lo establecen, lo entregan, reciben un solo pago de 4 millones, se marchan con las manos limpias. Y Lasticön se asegura un stash mensual por 5 años. "Pues para eso planeé toda esta mierda, tío. Joder. Me gusta más el hash.". En los carteles de la ruta aparecen Everglades City, Marco Island y Naples.

Se larga a llover torrencialmente. El James Memorial Drive resultó ser un camino que se angosta demasiado a medida que se interna en los Everglades. Lasticön observa los troncos de los árboles que asoman desde el agua y busca los putos caimanes que parecen jugar al escondite. Rob atiende al GPS, en algún momento tiene que aparecer un fucking trail, el punto de encuentro.

I don't like it…

Rob se da cuenta de que preocupó –innecesariamente– a sus cómplices.

¿Qué tanto conocen a este Big D?

Y ríe a carcajada sucia, nerviosa. No deberían correr peligro. Diseñó el negocio para que todos ganen. Y no haya riesgos. Solo un premium asshole lo echaría a perder.

El cielo enseña detalles que no se aprecian en la ciudad. Una *Ford* Transit blanca los espera con el motor y los limpiavidrios encendidos. Lentamente van emergiendo Big D y otros tres cabrones bien gachos, piensa Álvaro. De esto no puede salir nada bueno. Se apean del Nissan. Un ruco con un dizque boceto del bigote de Vicente Fernández hace un gesto con la cabeza: a Álvaro su rostro le parece familiar pero no recuerda de dónde lo conoce. Big D se acerca y los palpa de armas. Se lo nota bien nervioso al pinche gigantón. Va dejando todas las pertenencias de los tres narcos-wannabe en una caja gris igualita a la de los aeropuertos. Los suben a la van, les vendan los ojos. Se zarandean por un buen rato en la caja. La tormenta empeoró los caminos pero el wey que conduce es además bien cafre, piensa Álvaro. Un bad feeling se apodera de Rob: recuerda a su hija asesinada en un ajuste de cuentas y se jura que a estos dos no les pasará nada. What was I thinking?

Bájense

dice el ruco presumiendo una 9mm en la cintura. Casi que alardeando. Rob esperaba una casa, un warehouse.

Siguen en medio de los Everglades. Se oye algo bien pesado que se zambulle. Big D se acerca. Les apunta con otra 9mm. Bajo el diluvio, los faros de la Transit recortan una silueta de un hombre vencido al que le tiembla el pulso. Mucho más que la madrugada de Calle 8, cuando creyó que ya no necesitaría la metadona.

Bro, perdónenme.

Una geometría absurda allí
donde el viento norte apila
fogatas, campanarios, pizarniks,
y un alebrije estéril que habita
el pantano tierno de tus bragas.

Te espero como cada noche
vagando en círculos con la mirada que apunta
al foso iracundo donde gestaré algún día
la vida que merezco
y que yo mismo niego.

–Lasticön
Pantano
Miami, 2018

Madrugada sin orden ni piedad,

un insomnio de cojones punza

me mantiene búho sobre tus hombros

y stalker de perfiles ilusorios.

Quiero dejar en claro, si de mí depende,

iría a soñar hoy mismo un yo canguro.

O un yo Panero.

O un verbo triste que se olvide

y se cague una vez más sobre tus nombres.

La miel que decora esta revancha

del lumpen contraataque de los cuervos,

demanda al ciego algoritmo de tus videos

orgánico, pendenciero,

algoritmo con sus sombras

y un perverso juramento.

—Lasticön

Algoritmo

Miami, 2015

Sin aviso, apareció... Xirimiri

extraviado del recuerdo

blanco negro y zen

monje senil,

fake Einstein: todo rima con bull shit.

Yo soy Tupac cuando todos dicen:

Fuck-you. Madre: please, no más misas.

Vi la fauna triple equis

y fui trazo de su tinta.

–Lasticön

Fuck you

Everglades, 2018

Tengo a un niño solo entre muchos, as
a beaten dog beneath the hail, bajo la lluvia, bajo
el terror de la lluvia que llora, y llora,
hoy por todos, mientras
el sol se oculta para dejar matar, y viene
a la noche de todos el niño asesino
a llorar de no se sabe por qué, de no saber hacerlo
de no saber sino tan sólo ahora
por qué y cómo matar, bajo la lluvia entera,
con el rostro perdido y el cabello demente
hambrientos, llenos de sed, de ganas
de aire, de soplar globos como antes era, fue
la vida un día antes
de que allí en la alcoba de
los padres perdiéramos la luz.

–Leopoldo María Panero

El noi del sucre

diez > fuck you

El pulso de Big D lo delata. Se las ingenia para quitar el seguro de la 9mm. Ahora, solo una lluvia muy fina los cubre. Una de las típicas del país vasco, piensa Lasticön. Algo que nunca había visto en todo este tiempo en la Florida.

Xirimiri… puto xirimiri.

Repite para sí. Y rompe a llorar, sin importarle nada de lo que dice, como quien sabe que va a morir. Le ruega al gigantón que no lo mate, que los perdonen, que no son una amenaza. Rob y Álvaro se miran. El ruco empuña su 9mm y se acerca. Encañona a Lasticön.

¿Y este marica es el poeta maldito?

Comienza una carcajada sobrada que se interrumpe ahí mismo cuando Lasticön toma el cañón y lo desvía. Se pone de pie. Retumba un disparo. Practica un knee bomb que termina en la ruca entrepierna y lo dobla. Luego emprende un salto y en la bajada le aplica el golpe con el codo, sucio, muy kravmaguiano que lo pone fuera de combate mientras Álvaro –al grito de "toma cabrón hijo de tu putísima madre"– clava lo que parece ser un cuchillo de cocina en el omóplato derecho de Big D. De dónde lo habrá sacado.

Rob aprovecha the mess para saltar sobre los otros dos reos. Al primero le parte la mandíbula de un certero uppercut con el codo y de una patada circular desparrama al otro, le clava el dedo índice en su ojo derecho y se lo arranca. Eso no es Krav Maga, o es libre interpretación de ese arte marcial. Los dos se retuercen en el piso y gritan como borregos. Rob se pone en guardia y patea un revólver. Tantea a su alrededor hasta dar con él. Lo toma, evalúa la escena.

Shut up!

les grita a los bravucones reencarnados en malcriados de preescolar. Los tipos gritan más fuerte. Con dos disparos les enseña a callar. Big D tiene un ataque de pánico. Boca abajo, con el cuchillo en la espalda, pide clemencia. O algo parecido, porque babea y lloriquea, y mucho no se le entiende. Rob se concentra en el otro, el ruco. Le calza la suela de su bota size 13 en el cuello:

What the fuck just happened here?...

Álvaro observa al ruco y no lo termina de leer. ¿Está en shock? ¿Rendido? ¿Pensando cómo salir del entuerto?

...It was a good business for everybody, especially for you... you fucking idiots. A no brainer.

El tipo tiene dificultades para respirar. Aparte de eso, cara de póker.

You don't get it, marico. Nadie... nadie quiere un negocio... que ponga en peligro el que funciona bien.

If it ain't broke, don't fix it. Motherfuckers!

Nunca van a meter hash en Miami.

Se refuerza la lección del silencio. Pero Álvaro se da cuenta de que ahora al cañón humeante lo empuña Lasticön con la derecha. Entonces repara en la izquierda. Lo toma de la muñeca y le muestra al pinche loco su propia mano. Le han volado el dedo mayor y varios hilos de sangre tiñen la palma y el dorso. Recién entonces, Lasticön se desvanece.

Fuck! Alvaro, let's find it.

Por un buen rato, Álvaro y Rob lo buscan desesperados. Puede haber volado a cualquier parte. Cuando apagan los faros de la Transit, el paisaje se despliega con más definición. Álvaro repara en una única orquídea mariposa. Emplazada en un lugar improbable. La última vez que vio una de estas fue en el cementerio. Le resulta imposible no ver en ello una señal.

¿Dónde mierda está el pinche dedo?

Aprovechando la distracción, Big D —con el cuchillo aún en el omóplato— logra ponerse de pie y les apunta. Con el dedo perdido.

Si no me sueltan, lo tiro a la mielda y no lo ven más nunca.

Ok. Easy, boy. Easy.

Tranquilo, cabrón. A ti no te pasará nada.

We can make a deal. You give us the finger, we let you…

Pum. En el abdomen.

Here's is your fucking deal, putakumea!

le grita Lasticön en euskerglish, desde el suelo. Big D cae pesado, de espaldas. El filo del cuchillo termina por atravesarlo. Se adivina su lloriqueo.

¿Qué haces, cabrón?

El maldito se pone de pie, avanza hacia el grandote que respira con mucha dificultad. Le pisa la muñeca con el taco, deja caer todo su peso, con rabia. La mano se abre, revela al dedo escapista. Lo toma, se lo exhibe en la jeta al gigante herido.

Míralo bien. Fuck-you.

Álvaro grita "no", Rob "don't". Big D no logra decir nada.

¿Has visto alguna vez un enigma parpadear?
Con la intensidad del sexo y el slo mo del éxtasis,
con la corteza de lo efímero pero irrenunciable
con esa piel ficticia que cubre lo evidente
y evapora cada brillo de la mañana.

Nunca más. Quiero más.

–Lasticön
Jammin' #68
Miami Beach, 2018

Un microcuento divulgado a través de las marquesinas
liquida duendes cipayos e ilusiones en puja.
Everything must go.
Solo una coladita y la santería
disipan tales miserias.
Su influencia evita las migrañas de la resaca
con un velo que impide de cuajo repetir la desgracia.
El aguijón en mi genitalia sugiere fauces de after hour.
La arena denigra en los mapas de tu falda
los despojos de los agitadores.
Un vago recuerdo demora, en nostálgica licencia,
nuestro tiempo perdido en las entrañas del mar.

–Lasticön
Jammin' #43
Calle 8, Miami, 2017

La puerta cede,

sus goznes resisten con dientes apretados

pero se deja,

y asumo que algo malo va a pasar,

o algo turbio

o el beso del escarnio.

Un sendero de abismos me dirige al ático

en una trampa dulce que fuerza un recuerdo,

de los peores,

teñidos del goce que no vuelve.

Arriba sucede lo ominoso:

sentado a sus anchas aguarda mi otro yo,

uno con valor y el último iphone.

Un segundo chirrido comprueba la trampa.

Mi yo satisfecho se regocija.

No me soporto.

–Lasticön

Jammin' #84

South Beach, 2018

VI

Llámame Pantera Rosa, te digo,
mostrando mi carnet de identidad.

Voy de resurrección a otra
pidiendo una cerveza.

Una tarde
vomité a las puertas de lo taciturno.
Venía en un barco de cristal con los
ojos cerrados afilando mi cuchillo.

En mi frente escribo: "nunca más
volveré a nadar con sirenas".

Hago reverencias estúpidas
a las palabras y anoto druida.

Dispersión, turbiedad, qué rayos.

Necesito un auto veloz como
el presentimiento.

Es sábado, es Acapulco, te digo.
Nada malo nos puede pasar.

–Jeremias Marquines
Dónde tiene el hoyo la Pantera Rosa

once > high de azúcar

Las directivas de Rob son claras: los tipos desnudos en el agua. The alligators will do the rest. Él se ocupará de deshacerse de las ropas, los revólveres, el cuchillo y la *Ford Transit* —a una playa de Brasil vía Paraguay—. Ellos deben, apenas suban al Sentra, volar a lo del doctor Seuss y —sin hacer preguntas— cruzar los dedos con los que aún cuentan para que el ex cirujano de ya 75 primaveras pueda reinjertar a Hudini. Ni Álvaro ni Lasticön abren la boca hasta unas pocas millas antes del *Casino Miccosukee*.

Tío, me preguntaba ¿y de dónde mierda has sacado el cuchillo?

Álvaro vomita sobre su falda. Lo mira y vuelve a vomitar ahora sobre el freno de mano. Se limpia los labios con la manga y detiene el auto. Se baja pero ahí solo persisten las puras arcadas. En cuatro patas, en el barro, piensa en Bryan. Recuerda la noche de la tormenta. Recuerda también la pinche receta de los tacos al pastor de Vivian. Y los gemidos en el sendero que va de Meridian Avenue al alleyway, entre el renovado edificio art decó y la medianera. Y la condenada idea malacopa de asustarlos. Y el impulso de lanzar el cuchillo más por cumplir la amenaza que para impedir la huida. Y la pinche maldición de dar en el blanco y atravesar el omóplato del corazón. Piensa más en Bryan, en las *Nike Letterman* que él mismo le había regalado, mojándose bajo un chaparrón muy parecido al que cae sobre su cabeza y sobre los Everglades. Revive todo con detalles. El barro frío donde clavó el cuchillo, seguro que la policía lo encontraría tarde o temprano. Algo que nunca sucedió. ¿Existiría una mejor oportunidad que internarse en los pantanos del sur de la Florida para deshacerse de la evidencia? Imposible. No puede contarle esto a nadie. Mucho menos a este cabrón.

El maldito baja del auto y le sostiene la frente, como lo hacía su ama. Una última arcada interminable le tensa el abdomen y se convierte en un grito.

Con ese chuchillo maté a Bryan. Fue un accidente.

Escupe. Gira y se recuesta en barro frío.

Fue solo un accidente.

Lasticön se derrumba en un charco. Se recuesta en el auto, inmóvil. Álvaro siente alivio y culpa de experimentarlo. Contempla la lluvia en picada hacia su rostro. Advierte el horror reflejado en la expresión del otro.

¿Quién es el pinche maldito ahora? ¿Eh, carnal?

132

Lasticön se acerca y lo besa en la boca. Experimenta un principio de arcada no porque no goce del beso sino porque le ha dado lengua a una boca atiborrada de vómito y desdicha. Ahora los dos sufren el acceso sincronizado de una arcada. Al loco parece no importarle. Qué le hace una mancha más a este tigre random, piensa Álvaro y se entrega a esta inesperada tregua que le cae del cielo.

Vuelven al *Nissan*, arrancan. Álvaro da un vistazo a la mano izquierda de Lasticön, envuelta en su playera ensangrentada.

¿Y tu mano?

De puta madre.

Álvaro enciende la radio. Suena Pusha-T en la 103.5

Drug dealin' aside, ghostwritin' aside
Let's have a heart-to-heart about your pride
Even though you're multi, I see that your soul don't look alive
The M's count different when Baby divides the pie, wait
Let's examine why

y se pregunta si en el pinche siglo veintiuno, las letras del hip hop no son otra forma de poesía maldita.

¿Nunca pensaste en rapear tus poemas?

Lasticön le sostiene la mirada y se da cuenta de que no se hablará más del tema. Vuelve a mirar la ruta. Los limpiaparabrisas apenas pueden con la lluvia. Del dispenser, toma la botella de *Mountain Dew* y empleándola como un mic, rapea:

Sin aviso, apareció… Xirimiri

extraviado del recuerdo

blanco, negro y zen

monje vil, senil,

fake Einstein: energía con bull shit.

Soy tenaz cuando todos dicen:

Fuck-you.

Madre: please, no más misas.

Vi la fauna triple equis

ya fui trazo de su tinta.

En la botella-mic, el dedo baila high de azúcar, como poseído.

No es ninguna sorpresa que no se vieran por varias semanas. Ni que al reencontrarse para ver el Super Bowl, Álvaro y Rob eviten hablar del biz. Shit happens. Move on.

Aupa cabronazos, no se me rajen que tenemos que arreglar este mogollón.

Lasticön no se rinde, quiere retomarlo. Cosa que tampoco sorprende a nadie. Pussies. Se enoja con Rob porque, sostiene, armó todo el negocio para nada. Read between the lines, les dice y despliega su mano izquierda sin el dedo mayor. Fuck-you negativo, chilla.

Álvaro sabe que de esto no va a salir nada bueno. Rob no tiene dudas: nunca los dejarán entrar el hachís a Miami, ya se lo dejaron bien claro. Al final, —mitad por culpa, mitad por curiosidad—, propone una única prueba. En realidad dijo

Let me see what I can do.

En un desarmadero de San Lorenzo, en el Paraguay, siete trabajadores encaran una *Ford* Transit recién llegada de vaya a saber dónde. La humedad doblega las mejores intenciones pero el curepa —único argentino del equipo—, necesita hacer buena letra. Abre la guantera. Además de los papeles del vehículo y el manual del usuario, le llama la atención un *Post-it* verde que dice

Debo llegar al hueco triste

en pleno anonimato de la fiesta

135

Lo hace un bollo y lo arroja a la basura que se apila en el piso del galpón. Hay gente que está al pedo, piensa.

Casi dos meses más tarde, mientras el Athletic de Bilbao destroza al Manchester United de Álvaro reciben un text: "Come and get your *Mountain Dew*". Llegan al puerto de Fort Lauderdale pasadas las once de la noche. Rob los está esperando: la mercancía repletará los 7 camiones parkeados en fila. You both are filthy rich, motherfuckers. Álvaro y Lasticön practican un hi five que parece sincronizado con la sirena de la policía. El operativo se extiende hasta las 4:50 de la madrugada cuando Medina Álvarez, el oficial a cargo se tiene que disculpar.

Sorry about it. It's our duty.

What were you looking for?

Hashish.

Rob rompe a reír. Se toma el abdomen, es muy mal actor. Álvaro y Lasticön no comprenden.

Why would we do that? No business is safer and more profitable than weapons. God bless America.

Camino por un alleyway guarro que suplica por un crimen

como el mar pide cuerpos que alimenten sus corrientes.

"A city built on blood and cocaine" –standupea el dealer.

Debo apurarme antes que cierre mi hostal

un janitor's room sin luminarias ni hechizos,

"Have you tried this shit?"

Ya vengo en high de azúcar pero este premium asshole endurece mi polla.

"Should I?"

"Yeah"

Pruebo con ferocidad de ludópata las alturas del Golan.

"This is the shit"

"This is the shit"

Y agrego "Vengo de un país de kings

erigido con trabajo pero renovado con sangre"

"Say what?"

Ya no hay resto.

Debo llegar al hueco triste

en pleno anonimato de la fiesta,

Con el "Nevermind" me despido.

Y con otro "This is the shit"

–Lasticön

high de azúcar

South Beach, 2018

Dude, who are you? pregunta el security

Y yo contesto who knows?

Reponder con preguntas, –gran putada que aprendí de Joxeba–,

lo más cerca que me encuentro del hallazgo.

Podría discurrir sobre esos ojos abiertos como fogatas invisibles y el aroma

que trazaba la sangre al mezclarse con el agua tibia

porque me definen con preferible rigor al de una puñetera biografía,

solo intentos mezquinos de burlar el agujero negro que habito y del que

huyo cuando despierto.

Verbalizar shit, cura. Dijo X. Mientras difiero sus efectos

en este instantáneo acto poético-patético

condeno mis versos a jodidamemente tomar por culo.

–Lasticön

Jammin' #92 / a.k.a Picoanálisis del dude

Miami Beach, 2018

Una noche, senté a la Belleza en mis rodillas. —Y la encontré amarga—.

Y la injurié.

Me armé contra la justicia.

Y huí.

–Arthur Rimbaud

Antaño, si mal no recuerdo...

Una temporada en el infierno

doce > epílogo

Una semana más tarde, se cumple el año de la muerte del Padre. Vivian saborea muy lentamente una medida de dos dedos del Tempranillo, ya clásico aporte de Lasticön. Solo dos dedos.

Wey, ¿no tendrías que estar en Boca?

Álvaro corta la carne —en trozos muy pequeños— para las empanadas. Dicen que así son más sabrosas.

¿En boca de quién?

Menso. En Boca Ratón, en lo de tu shrink.

Ya no. Me di de alta.

Vivian diseñó una cena que más parece un síntoma. Rob la besa en la frente, sabe que ella no quiere silencios y por eso llenó la casa de gente. Y de *NBC* 6 donde aparecerá de un momento a otro el good fella de John Morales. Pero antes, habla el Lieutenant Sosa en conferencia de prensa desde el Departamento de Policía en Downtown. El objetivo: llevar tranquilidad a la población después de los rumores sobre el recrudecimiento de la guerra entre pandillas de narcotraficantes. Vivian toma el control remoto y lo deja en mute. Podría apagarlo de una vez pero el guilty pleasure del servicio meteorológico puede más.

Lasticön encuentra el peor momento. Uno incómodo. Siempre lo hace.

Oye Vivian, ¿estás segura de que no es mío?

La hace reír tanto que se orina encima. Nada raro con los cuatro meses y medio de embarazo. Cuando vuelve del baño, desvía la conversación.

Rita, ¿invitaste a tu cuate, el Big cuánto? ¿Cómo se llamaba el cabrón?

El asere Big D. Hace mucho que no lo veo. Para mí que se volvió a Puerto Rico.

Rob, Álvaro y Lasticön se miran. El gringo echa a caminar hacia el garage y los invita: I want to show you something. Ahí les cuenta que tuvo la idea cuando Lasticön mencionó que los vascos eran los mayores exportadores de armas de España. En este país resulta más fácil entrar armas que drogas. En realidad es igual de fácil: pero las armas no son ilegales.

Je me suis armé contre la justice. Para ti, maestro Rimbaud.

dice el maldito mirando al cielo a través de una pequeña claraboya. Rob les entrega a cada uno su backpack *Gap* con un primer pago de un millón doscientos sesenta mil dólares y les recomienda la mejor manera de ingresarlos en sus cuentas sin despertar sospechas de IRS. Luego saca unas cajas de municiones para rifles Made in Euskadi. Abre una de ellas para mostrarles cómo, en lugar de pólvora, cargan el preciado hachís.

Tío, eres la puta leche. Gracias

dice oliendo su stash, y lo abraza. Álvaro no puede creerlo. Rob ya espera cualquier cosa del fucking nuts.

¿Qué dijiste, carnal? ¿Conocías la palabra?

¿Me cambias la mochila? Me gusta más ese color.

Lasticón despierta desplomado en una playa que no reconoce. Le arde todo el cuerpo. Necesita tres balanceos para sentarse. Se da cuenta de que tiene una sola zapatilla *Puma*, dorada, cordones desatados. Un cartel dice

Welcome to Bimini Islands. La cabeza le explota. No recuerda nada de los útimos días. Camina con los ojos cerrados hacia la lancha de dos motores fuera de borda encallada en la arena blanca. Se llamaba "Rainfall" pero fue rebautizada "Xirimiri" con rojo clandestine.

Allí encuentra la mochila *Gap*. Vacía. O casi vacía: en uno de los bolsillos internos encuentra el ticket de *British Airways* a Bilbao con escala en Gatwick. Si solo supiera qué día es hoy. Y un block de *Post-its* amarillo. Con un bolígrafo de *The Betsy Hotel*, escribe

atravieso las paredes invisibles del olvido

y por un rato soy otro

En el dispenser encuentra una botella de *Mountain Dew* que lleva siglos al rayo del sol. La prueba y no puede evitar el acceso del asco. Pero la termina. Dobla el *Post-it*, lo introduce, enrosca la tapita. Camina hasta la orilla, y se interna en el agua hasta la cintura. Recuerda a Virginia Woolf, a Alfonsina Storni, a Paul Celan. Y arroja la botella al mar.

Del otro bolsillo de la mochila, recobra un armado de chocolate y el *Zippo* que manoteó una vez en el pawn shop de Vivian. Lo prende y se marcha hacia el primer arbusto que le convide algo de sombra.

Como si la noche gozara de inmunidad,

atravieso las paredes invisibles del olvido y por un rato soy otro

y aerosoleo con rojo clandestine una máxima que no me creo,

que no puedo alcanzar

que asedia desde las venas abiertas de mi infancia,

se esconde, prankster, en mis rincones

junto a la absurda idea de que todo is gonna be all right.

Sangro por la misma herida que tiñó aquel agua que me asfixia cada día

pero en la que hallo el último aliento y una figura poética que redime

y empuja y exige que la pinte en el frente impoluto de algún templo,

que la lea en voz alta hasta que me la crea,

hasta que la pueda alcanzar.

–Lasticön

Rojo Clandestine

Miami Shores, septiembre de 2019

agradecimientos

A Vera, Pedro Medina León, Xalba García, Carlos Gámez
Pérez. A Suburbano. A Miami. A la poesía esquiva.

índice

Prólogo > 7

uno > **tigre random** 17

dos > **epopeyas idiotas** 31

tres > **diablos rojos** 41

cuatro > **nobleza hedionda** 53

cinco > **barista de mis cojones** 63

seis > **codo a codo** 75

siete > **bilis angelical** 91

ocho > **caída libre** 101

nueve > **pantano** 109

diez > **fuck you** 121

once > **high de azúcar** 131

doce > **epílogo** 141

www.ingramcontent.com/pod-product-compliance
Lightning Source LLC
Chambersburg PA
CBHW032000010726
47493CB00007B/2272